勘違いなさらないでっ！　2

登場人物紹介

サイラス・ホトス・イズーリ

イズーリ国の第三王子。普段は人当たりの良い王子様だが、性格は『真っ黒腹黒』。断られてもめげずに、シャナリーゼへ求婚している。イズーリ国での任務中に重傷を負い……。

シャナリーゼ・ミラ・ジロンド

自ら望んで『悪女』を演じるお嬢様。結婚願望ゼロにもかかわらず、周囲からのお節介とサイラスの求婚に振り回されている。サイラスのお見舞いでイズーリを訪れることに。

プッチィ

クロヨン

ナリアネス・ビルビート
ビルビート侯爵家の次男。男爵位を
持ち、サイラスが率いる部隊の隊長
をつとめている。

エージュ
サイラスの補佐の一人。第三執事も
兼任している。時にはシャナリーゼ
寄りになることも。

イズーリ王妃
サイラスの母。サイラスとシャナリー
ゼの仲を反対しているように見えた
が……。

アン
シャナリーゼ付きのメイド。シャナリ
ーゼとは気心の知れた間柄で、よき
理解者でもある。

ジェイコット・オルド・ジロンド
シャナリーゼの兄で凄腕の騎士。今
回のイズーリ訪問には、護衛として
参加している。

ティナリア・ロゼ・ジロンド
シャナリーゼの妹。純愛小説に加
え、ボーイズラブを愛する美少女。
『妖精姫』の異名を持つ。

目次

肩を抱かれ伝わる体温が、嫌でもこれが現実だと訴えてくる。

力の入らない体を抱き寄せられ、不本意ながらサイラスにしなだれかかっているような格好になっているけど……。

そんなわたくし達を見て、セイド様が微妙な顔をしているけど、問題はそこではないわ。


わたくしの家に滞在するなんて、いったいどういうこと⁉

我が家はしがない伯爵家よ！　滞在するなら王城。もしくはそこで微妙な顔して妻を抱きしめているハートミル侯爵家でしょ⁉

新婚だからって、他人の家に面倒な地位を持ったご学友を押し付けないでほしいわ！

怨念《おんねん》を込めた手紙を送ってやる……。


「うっ⁉」

——怒鳴る気力のないわたくしからの念でも感じ取ったのか、セイド様が焦《あせ》って辺りを見渡す。

ふふふ、……みてらっしゃいよ。


パンパン、と手が打ち鳴らされる。

わたくし以外のみんなが、顔を上げてマニエ様を見る。

マニエ様はにっこり笑いつつ、わたくし達一人一人と目線を合わせる。ちなみに足元から見上げるエンバ子爵には、いっさい目線をやらない。

「これ以上お茶会は無理のようですわね。少し早いけれど、今日はここまでにいたしましょう。何やらお忙しいようですし、ね」

そう言って、マニエ様が最後に目を合わせたのはサイラス。

サイラスも王子様スマイルで返す。

「すまないね、マニエ嬢。この埋め合わせは必ず」

「いいえ、お会いできて光栄でしたわ」

軽く頭を下げたマニエ様と、チラッと目が合う。

そこでようやくわたくしも、少しだけショックから立ち直った。

「あ……ちょっと」

まずはこの肩を抱く手を振りほどこうと身をよじってみるも、がっちり抱き込まれていて離れられない。

わたくしがもがいている間にも、サイラスはすました顔をして挨拶《あいさつ》を終える。

「それではマニエ嬢。婚約者とともに失礼します」

「だっ、誰が婚約者よ！」

「ごきげんよう、サイラス様。シャーリー」

「え、待ってくだ……きゃっ」

笑顔のマニエ様の前で、わたくしはサイラスに軽く抱き上げられる。

膝《ひざ》の下に手を入れられて、あの『お姫様抱っこ』と言われる前抱きの形で！　確かに肩に担がれるよりはマシだけど……。

だけど、みんなの前でされるのは恥ずかしいわ！

◆十三　責任なんてとらなくて結構よ！

わたくしが恥ずかしさで黙っている間に、サイラスはスタスタと歩き始める。

「お、下ろして！」

「さっきまで脱力していた奴が何を言う」

「あなたのせいでしょ！」

「だから責任をとっているじゃないか。楽でいいだろう」

「楽なものですか！　よくもみんなの前でっ」

これが下心満載の不埒《ふらち》な男性なら、その顔に容赦《ようしゃ》なく平手やら拳《こぶし》やらを打ち込んでやるのに！

が、しかしサイラスはいちおう親が認める（ここ大事）自称求婚者。

しかも隣国の王子だし。

我が国の皇太子と、すぐ後ろから、妻を引っ張って追いかけてきているセイド様のご学友でもあるし。

それになにより、もし顔を腫らしたサイラスを見たら、うちの両親がどんな行動にでるか分からないわ。

責任とって、わたくしを嫁に出すとか絶対言いそう！

よし、顔はダメね。

「下ろして！」

ドンッと勢いよく胸を拳で叩いてみる。

「！」

小さくサイラスがむせた。

あら、やり過ぎたかしら。

チラッと上目づかいに見上げれば、サイラスは呆れたような目でわたくしを見下ろす。

「暴れると落とすぞ」

「落とすんじゃなくて、下ろしてって言っているの」

「暴れると無駄に重くなるから、じっとしてろ」

「おっ、重いですって⁉」

「これはこれは、ご自分を羽か何かと勘違いされているのかな？」

「バカにしないで！」

「ぐっ」

カチンときていたから、今度は手加減なしで肘鉄《ひじてつ》を胸にお見舞いする。

さすがにこれは効いたらしく、腕の力がわずかに緩《ゆる》んだので、すかさず身をよじって床に足をつける。

「お先に行くわ」

フンッと腰に手を当てると、サイラスがにやりと笑う。

「お前は本当に可愛くないな。素直じゃない」

ツカツカと、足早に玄関へと向かうわたくしの横にサイラスが並ぶ。

「では、素直で可愛らしい方のところへどうぞ」

顔も見ずに返せば、サイラスも言い返す。

「犬より猫派なんだ。猫は気まぐれで、こちらがあれこれしなくても、自由を満喫してたくましく生きている」

「それって手のかからない女ってことかしら。残念ね。わたくし手がかかるの」

「そうだな。だが、それも面白い」

「……矛盾しているわ」

二人して、玄関に向かって速度を速めて歩く。

そして、あっという間に玄関のエントランスに着くと、すでにわたくしが乗ってきた馬車が待機していた。

御者《ぎょしゃ》が馬車のドアを開いてくれたので、わたくしはさっさと乗り込む。

と、当たり前のようにサイラスまで乗ってきた。

「ちょっと！」

「どうせ行き先は一緒だ」

馬車の奥に座ったわたくしの対角の位置に、ゆったりと腰を下ろす。

「イリスを送りますのよ」

「かまわん」

まったく降りる気のないサイラスに、わたくしはかまわずため息をつく。

そこへ追いついたセイド様が、やはり妻の手を引いたまま近づいてくる。

「ああ、セイド。このままジロンド家へ行くから、お前は乗ってきた馬車で帰れ。ライアンからも直帰していいと言われているだろう」

「そ、それはそうだが」

チラッと、なぜか心配そうにわたくしを見る。


なんですの？　まさかわたくしがサイラスに何かするとでも!?


不機嫌な目でセイド様を黙って見ていると、夫の後ろでオロオロしているレインの横に、ようやく追いついた将軍とイリスが姿を現す。

「サイラス様。わたしはジロンド家までお付きします」

「……お前も頭が固いな。しかたあるまい。奥方を乗せて、すぐ出発しろ」

「はっ」

短く答えて、将軍はサッとイリスに手を貸して馬車へと乗せる。

恐縮しながら、イリスはサイラスと向かい合う形でわたくしの隣に座った。

「じゃあな、セイド」

「ああ。だが気を付けろよ、サイラス」

馬車のドアが閉まるまで、まるで我が子を心配する母のような顔のセイド様。


だから、なんだってそんなに心配していますの⁉


カタンと馬車が動き出す。

ふと窓の外を見れば、馬で並走する将軍の姿。それとあと三騎、いつのまにか周りについている。

眉間《みけん》に皺《しわ》を寄せ、きつく目を閉じる。


あぁ、嫌だわ。お父様、今度絶対に仕返ししますからね。

シャツにキスマークでもつけてやろうかしら。夫婦喧嘩勃発《ふうふげんかぼっぱつ》ね。


「仕方ありませんわね」

父への仕返しを胸に、わたくしは気を取り直して目を開ける。

あいかわらず楽しげにわたくしを見るサイラスと、しっかりと背筋を伸ばして向き合う。

「我が家はしがない伯爵家です。それでも精一杯おもてなしをさせていただきます」

「そうかしこまるな。ただ数日世話になるだけだから、特別なことは必要ない」

やっぱり数日もいるのっ⁉

あーあ、と心底ため息をついたわたくしを見て、イリスは困ったように微笑《ほほえ》む。

その後は特に会話らしい会話もなかった。

気まずいわたくしとイリスをよそに、サイラスは終始ご機嫌なまま、馬車はジロンド伯爵邸へと進んで行った。

◆◆◆

ギィーッと重い音をさせて門が開き、そう広くない前庭を進んで馬車が止まる。

エントランスには出迎えの父と母、そしてティナリアとエージュ、うちの執事を筆頭にほとんどの家人が揃っていた。

こんな仰々《ぎょうぎょう》しい出迎えをされたのは初めてだわ。

細身で六十近い年齢ながら、いつも背筋をピンと張りつめ、白髪《しらが》が多く混じった茶色い髪をしっかり後ろになでつけている執事のクオーレが、静かに馬車のドアを開く。

先にクオーレに手を取られてイリスが降り、その後わたくしがさっさと降りる。最後にサイラスが降りると、父と母が大げさに歓迎した。

「ようこそおいでくださいました」

「好意に甘えて来てしまった。世話になる、伯爵」

「もったいないお言葉です」

そんな両親の横を、わたくしは何も言わずイリスを連れて歩く。

ティナリアがわたくしに声をかけようか迷っていたが、サイラスを歓迎することに夢中の両親がわたくしに気がつくと面倒だと思い、気づかないふりをしてとおり過ぎる。

途中、エージュとも目が合ったが、彼は黙って、いつもの笑みを浮かべてティナリアの横で頭を下げる。


……主《あるじ》に敬意を払わない女、とでも思ってくれればいいのだけど。


わたくしは侍女仲間と並んでいたアンを見つけ、小声で言《こと》づける。

「イリスと中庭にいるわ。一緒に来た将軍が帰る頃合いをみて伝えて。くれぐれもお父様達には内緒にしてね」

「かしこまりました」

「行きましょう、イリス」

「え、ええ」

わたくしの両親へ挨拶もなしに、と遠慮するイリスの手を引き、歓迎ムードのエントランスからさっさと離れる。

その後、護衛の任を終えた将軍がイリスを迎えに来るまで、わたくしはイリスと中庭の東屋《あずまや》でたわいもない話をしていた。だってどこかの部屋に入れば、かならず父に呼び出されるのは目に見えているんですもの。

◆◆◆

「やれやれ、お迎えのようね」

東屋を囲う植木の向こうに将軍の姿が見え、わたくしはイリスとともに立ち上がる。

「あのね、シャーリー。サイラス様のことだけど」

今まで気を遣って避けてくれていた話題を、イリスは遠慮がちに口にする。

「なぁに？」

「あなたが本当に嫌なら仕方ないのだけど。今までの人達のように嫌悪感がないっていうなら、少しだけサイラス様を見てあげてほしいの」

「……あなたもリシャーヌ様から何か言われたの？」

ちょっと疑って目を細めると、イリスは慌《あわ》てて首を横に振る。

「ち、違うわ。でも、好きとか愛しているとか言われて、幸せに感じるってことをあなたにも知ってほしいの」

ギュッと手を胸の前で握りしめ、大きな瞳で懇願《こんがん》されるように見つめられると、わたくしも邪険《じゃけん》に払うわけにはいかない。

わたくしはそっと目線を外す。

「……まぁ、我が家のお客様だもの。それなりに対応するわ」

そんなあいまいな返事にもかかわらず、イリスはホッとしたように微笑む。

「ほら、旦那様がお迎えよ」

「え、ええ。ではまたね、シャーリー」

弾むような笑顔で夫に駆け寄っていく、イリス。

その後ろ姿を見ていると、抱き止めた夫もまたわたくしへと深く頭を下げて、二人仲良く並んで行ってしまう。

仲良く帰っていく年の差夫婦を見送り、さて、とわたくしは憎らしげに我が家を見上げた。


しばらく睨《にら》んで、ここでこうしててもサイラスが出て行くわけないし、と、わたくしは重い足取りで屋敷の中へと戻る。

自分の家なのに妙に警戒しつつ、緊張しながら廊下を歩いて行くと、ようやくメイドを一人捕まえることができた。

「ねぇ、お父様とお母様は応接室かしら？」

「あ、はい。さようでございます」

「そう。忙しいのに引き留めてごめんなさいね。もういいわ」

「はい」

メイドはやはり急いでいたようで、サッと離れていく。

サイラスは応接室で両親と、たぶんエージュも一緒に話をしているようね。

それならいまのうちに、とわたくしは日課となっているウィコットの世話をするため二階に上がった。

待ってて、わたくしの癒し！　プッチィ、クロヨン♡

◆◆◆

〜・〜・〜・〜・〜・〜・〜・〜・

〝これですべてが終わる。

わたくしはきゅっと唇をかみ締めた。

大勢の人の前でわたくしは偽《いつわ》りの愛を誓い、夫となる人の側に立てばいい。

口を開こうとしたその時、ざわざわと静かな聖堂の中に波のようにざわめきが広がっていった。

何事かとわたくしも含め、みんなが聖堂の入り口を見つめていると、いきなりその扉が開かれた。

「ソフィアッ！」

響いた男性の声に、わたくしは涙が溢《あふ》れだした。

彼は聖堂を見渡し、ほっとしたようにうなずいた。

「間に合った」

呟く彼の後ろから騎士達が入り込んできた。〟

〝月夜の晩に、ふいに開かれた窓。

月光の照らす中に現れたのは、夢でよいからと思い描いていたエドワード様だった。

「エドワード様！」

わたしはおもわず、その冷えた体に抱きついた。〟

～・～・～・～・～・～・～・～・

ふむっと、サイラスは右手で自分の顎《あご》を掴《つか》む。

「乱入乱闘事件と不法侵入か。警備はどうした。鍛え方が足りんというか、そもそも月夜の晩に侵入するか？　俺なら暗闇に紛《まぎ》れるがな」

わたくしの部屋の本棚を勝手に物色《ぶっしょく》し、図々しい態度で椅子に座っているサイラス。

しかもわたくしお気に入りの小説の数々に、ぶつぶつ文句をつけている。小説に文句つけるなんてバカじゃないの⁉


……誰か、こいつを縛り上げてちょうだい。

今、切実にそう思う。

警邏隊《けいらたい》を呼んで、速攻《そっこう》で引き渡したい。

さっきまで、これでもかというほどプッチィとクロヨンと戯《たわむ》れ、毛だらけになるまで構い倒して、ハンドローラーコロコロで全身をアンと一緒にせっせとコロコロして、大満足で部屋に戻ってきたはずなのに……。

アンが呼びに来た時は驚いたけど、いくらサイラスでも、他人の家の中ではフラフラしないはずよね。


……と、思っていたのに、なぜわたくしの部屋にいるのよっ！


プッチィとクロヨンに癒されたはずが、また気分がマイナスに戻ってしまうわ。

「不法侵入はあなたよ。かってに人の部屋に入らないでくださるかしら。あなたが紳士なら分かってくださるわよねっ」

あなたの部屋ならちゃんと用意されているでしょ？　暇なら遊戯室へどうぞ。

こめかみに青筋がたちそうなくらい怒っているわたくしと、そんなわたくしの怒りは通用しないとばかりに涼しい顔のサイラス。わたくしと一緒に部屋に入ったアンは、ただオロオロと見守っている。

サイラスはゆっくり顔を上げ、いつものようににやりと笑う。

「か弱い乙女と派手なヒーローがお好きなようだな」

「お父様とのお話は終わったの？　エージュは？」

わたくしは頬が引きつりそうなのを抑え、サイラスの質問はきれいに無視して、できるだけ何でもないように話す。

サイラスもまた、無視されたことを気に止めずに答える。

「エージュは部屋へ下がらせた。俺はお前と親交を深めようとしに来たんだが、まずはお前の趣味の異文化を知っておこうと思ってな」

「異文化じゃないわ」


純愛小説というのよ。

か弱い乙女、派手なヒーロー。大いに結構。王道上等よ。

それが異文化ならティナリアのボーイズラブはどうなる。それより何より、あなた自身がわたくしにとって異文化なんですけど⁉


イライラしながらわたくしが睨みつけていると、サイラスは読み散らかした本を棚に戻し始める。

すぐにアンが手伝おうと駆け寄ったが、サイラスは「俺を手伝うのはやめておけ」と言わんばかりに手を振ってアンの申し出を断る。

アンは恐縮しながらお辞儀をして、そのままの顔でわたくしの横へ戻ってくる。

そしてチラリと、何か言いたげにわたくしを見る。

「…………」

ちょっとだけアンに非難されている気がするが、無視しよう。

本をすべて棚に戻したサイラスが、そうだ、と何かを思い出したかのように顔を上げる。

「夕食はジロンド家全員が揃うのだろう？　楽しみだな」

「そう、ならさっさと出て行ってくれないかしら？　時間がないのよ」

邪険に追い払おうと、わたくしはまっすぐ扉を指さす。

そう、これからわたくしは夕食のために支度しなくてはならないの。

それもこれもサイラスという客人がいるために、コルセット着用の正装をしなくてはならない。

ティナリアも今頃は自分の部屋に連行され、メイド達の着せ替え人形になっているはず。

憮然《ぶぜん》としているわたくしを見て、サイラスはにやりと笑った。

「あぁ、支度か。やれやれ、客人扱いしなくてよいと言っておいたんだが」

「そういうわけにはいかないでしょ。あなたご自分の立場が分かっておいでなの？」

まったく、とあやうくつきそうになったため息を飲み込んでクローゼットの前に歩み寄る。

「分かったならご退出願いますわ」

今から着替えるんだから、という態度を見せると、サイラスはしょうがないとばかりにようやく動き出した。

「立場も何も、どうせ義理の息子になるんだ。気を遣わなくていいのになぁ」

大きな独り言を呟《つぶや》いたサイラスに、わたくしはキッと睨んで鋭く言う。

「ティナリアは渡しませんわよ」

「俺はお前に求婚してるんだぞ」

なんでそうくるんだ、と言わんばかりに言い返してきたサイラスを見て、わたくしはにやっと意地悪く笑う。

サイラスはむっとしたように目を細めた。

どうやらわざと言ったと気づいたらしい。そのまま何も言わず部屋を出て行った。

はー、すっきりした。

小さな勝利に、わたくしの機嫌は良くなる。

そんなわたくしを見ていたアンは、わざとらしくため息をつく。

「……まったく、素直じゃないんですから」

「何か言って？」

「いいえー。さぁ、着付けますよ」

アンはさっさとクローゼットを開くと、手際《てぎわ》よく準備を始めた。

すぐに手伝いのおさげの若いメイド、シリーがやってきたので、わたくしは念のためにとドアに鍵をかけるよう言った。

「はい、締めますね」

「……えぇ」

アンがコルセットを容赦なく締める。

まったく、こんなに締め付けなくても食べ過ぎたりなんてしないわよ、と思う。食欲コントロールできる人は着用不要とかにならないかしら。コルセットなしでも背筋伸ばしていられるしね。

食事をするのに体を締め上げる。この常識がどうしても疑問に思うわ。そう思っているのはわたくしだけじゃないと思う。

そういえば数は少ないが、硬いコルセットではなく、体を部分的に締めて整える柔らかい作りのコルセットが出回っているらしい。それを作り出したのは我が国ライルラドではなく、なんとイズーリ国。

実はレインもいくつか持っていて、『胸とお腹は別調整だからすごく楽！』と絶賛していた。輸入品だから数が限られ、しかもこっそりと愛用者が増えているので、コルセットとしてはなかなか高価な品物。

話を聞くたびに興味があってほしいとは思っていたけど、もしサイラスから贈られたら、遠慮なく『変態』のレッテルを貼りつけて罵倒《ばとう》してやるわ。

「お嬢様、眉間に皺が寄ってますよ」

「あら、そうだった？」

「苦しいのは我慢なさってくださいませ。ちまたで話題のコルセットは、予約で完売しているそうですよ」

「……顔に出ていたかしら」

はぁ、とため息をついたわたくしに、アンはくすくす笑いながらうなずく。

「手に入れる手段がないわけでもないですが」

「絶対言わないわ。贈られた瞬間に『変態』決定ですからね」

「サイラス様が女性のお世話係を、お一人でもお連れならご相談できたのですがねぇ」

そう。サイラスは、エージュだけを連れて我が家へ滞在となっている。我が家のメイドを付けようとしても『必要ない』と断ったらしい。

そういえば、お城の夜会でそんなことを言っていたわね。自分のことくらい自分でできるって。あの時いれてくれたミルクティーもおいしかったし……。

『着飾った姿もキレイだ』

ふいに思い出したサイラスの言葉。同時にわたくしを見つめたあの真剣な目を思い出し、一瞬「うっ」と体を強張《こわば》らせてうつむく。


苦手なのよ、あの手の下心のない温かい目は……。

家族以外の異性からなんて、向けられたことがないわ。みんないつだって、わたくしを値踏みしているか、下心をちらつかせた目で見ているんですもの。

もっと自然でいたいのに、目を向けられて恥ずかしくなるなんて……。わたくしどうかしてるわ。


「お嬢様？」

アンが後ろから声をかけてきたので、わたくしは軽く首を横に振る。

「なんでもないわ」

……下心を感じさせない眼差《まなざ》しなんて初めてだったから、つい焦ってしまったわ。でも下心がないなんて嘘よ。うまく隠しているだけなんだから。しっかりしなさい、シャナリーゼ！

そうよ！　わざわざ着飾る必要はないのよ。

今夜のドレスはあくまで身内での晩餐《ばんさん》。飾り気の少ないもので十分よ。

落ち着いた紺色のイブニングドレス。ただし背中も胸元も鎖骨の下までしか開いておらず、胸元には二本の白いラインがあり、白のスパンコールで縁取りしている。いつもつけている、孤児院の子ども達からの贈り物のペンダントは外し、専用ケースに入れておく。

代わりにサファイアが一粒ついた、シンプルなペンダントをつける。髪はふんわりと結い上げ、白い幅のあるリボンを巻き、右耳下で花のコサージュで留める。イヤリングも小さなものを選んだ。

すっと立ち上がると、控えめに広がったスカートが足の長さを強調するかのように、きれいなドレープをつくっている。

「ティナリアの準備はできたかしら」

「確認してまいります」

アンが目配せでシリーに片づけをお願いして、そっと部屋を出て行く。

アンを待つ間、鏡台の前に立ち自分を確認する。

そんな時、片づけをしていたシリーと、鏡を通してわたくしは目が合う。

シリーは少し遠慮がちに、どこか嬉しそうににっこり微笑む。

「なぁに?」

「いえ、あと何度、お嬢様の髪結いをできるのかと思いまして」

「え? シリー辞めるの?」

「いえ、辞めません!」

「じゃあ、なんで?」

「お嬢様のご婚約がお近いと伺《うかが》ったものですから」

「わたくし結婚しないわよ？」

「え!?」

シリーは全身を大きく上下させて驚き、目を丸くして固まる。

そんなに驚くことかしら。だってずっと言っていることよ？

「あぁ、サイラスが我が家に滞在することになったせいね」

はぁっとわたくしはため息をつき、ゆっくりと目を閉じた。

「小姑《こじゅうと》として、この家にいつまでもいるつもりはないわ。かといって、サイラスとの結婚もわたくしの中ではないのよ」

何度も言ってきたことを伝えるも、シリーは呆《ほう》けたまま「はぁ」と分かっていない返事をするだけ。

まぁ、あちこちの貴族も勘違いしていることだけどね。

いつまでも返事をせず、じらしている女という噂《うわさ》もでているらしい。

それ誤解。はっきりお断りしているはずなんだけど、どうしてもその言葉がサイラスに通じないだけ。自分は愛されているとでも思っているのかしら。

……まぁ、しばらく音信不通になって、ちょっと気になった時期があったことはあったけど、まぁ、アレよアレ。誰だって見知った人が、突然いなくなったら気になるのと一緒よ。その程度。

最近では、サイラスはわたくしを諦《あきら》めて他の令嬢を探しているらしい。だから先の舞踏会でわたくしがエスコートされなかったのだ、という噂もある。

この噂に乗って、我こそはと立候補する家がないかしら？

夜会の席で、サイラスの周りを取り囲んでいたご令嬢方がたくさんいたんですもの。そのうち出るでしょうね。喜んで身を引かせていただきます。

そして名乗りを上げてくれたご令嬢を、わたくし全力で応援するわ。お断りされる可能性が高いでしょうけどね。

と、そんなことを考えていると、部屋のドアがノックされた。

「どうぞ」

「只今戻りました」

静かに入ってきたアンは、軽く頭を下げる。そして浮かない顔のまま扉の前に立つ。

「どうしたの？」

怪訝《けげん》に思って聞くと、アンは一度背後の扉をチラッと見て、口を開く。

「お嬢様、サイラス様が、お見え……です」

言いにくそうにだんだん声量を落として告げられたその言葉に、わたくしは目を閉じ、天を仰《あお》いだ。

「……行くわ」

エスコートなんていらないのに。

こんなところで律儀にならなくてもいいじゃない。

両親の前だから？　いやいや、夜会の時なんて両親どころか、陛下や大勢の貴族の前でしたけどね。いまさら点数稼ぎなんていらないわよ。

心の中でぶつぶつ文句を言いながら、わたくしは立ち上がる。

するとなぜか期待に満ちた目で、シリーがわたくしを見つめていた。

「いってらっしゃいませ」

嬉しそうにわたくしを送り出すシリー。悪気はないだけに、怒ることもできずにわたくしはアンを伴って部屋を出る。


一歩廊下に出るとそこには、一般的な黒い正装に身を包んだサイラスがいた。

王族の紋章も飾りもない、普通の見目の良い貴族の男性になっている。

「おや、おそろいか」

「何が？」

「先ほどティナリア嬢を見た。まぁ、これ以上は言わないでおこう」

にんまり笑う顔を見て、わたくしはムッと口を尖《とが》らせる。

「あらあら、今夜はお相手していただけるのね」

「いつまでも根に持つやつだな」

軽く鼻で笑われ、わたくしも負けじと笑い返した。

「わたくし執念深いんですの。昼間の話じゃありませんが、浮気なんて論外ですわ。浮気相手もろとも、呪《のろ》って奈落《ならく》の底に叩き落してやりますわ」

「ハゲろ、てやつか」

くくっと笑っているサイラスを冷ややかに見つめた。

「毛根が尽きるのを待っているほど気が長くありませんの。夫には容赦《ようしゃ》しませんわ。無抵抗の状態でわたくし自らが施します」

「髪を剃《そ》るのか。流血沙汰《ざた》だな」

「まさか。そんなことしませんわ」

とんでもない、とわたくしは首をゆっくり横に振る。面白そうにわたくしを見ているサイラスに、口角をつり上げてわざとゆっくり口を開く。

「わたくし自ら抜いてさし上げます。場所は床でも、外でも、寝所でも選ぶ権利は与えますが、毛根から抜けるように時間をかけて抜きますから、冬は室内をオススメしますわ」

……サイラスは更に面白そうに目を細めた。

もっと違う反応してくれていいのに。前にアンに同じことを言ったら、顔色を変えて必死に他の方法にするよう説いてきた。そういえばやめるようにとは言わなかったわね。

『お嬢様、それではお手に傷がつきますわ。髪は意外に痛いものです』

『そうねぇ。でもただ剃るのは嫌よ。いっそのことサイドを残して自分で剃ってもらうのはどうかしら？　中途半端な髪型も斬新《ざんしん》よね。もちろんカツラは禁止よ』

『……うくっ』

アンは笑いを堪《こら》えきれずに噴き出した。

アンったら、想像力豊かかね。どんな髪型を想像したのかしら。でもね、先に不貞を働いたほうが悪いに決まってるじゃない。自業自得《じごうじとく》よ。絶対許さないわ。

そんな過去のことを思い出してから、後ろで控えているアンをちらっと見る。

──彼女は涙目でわたくしを見ていた。

また想像したの？　それとも、あぁ、それ以上言わないでって顔だわ。

でも、言うわよ。これが仕上げですもの。

「最後に二度と髪が生えないよう焼《や》き鏝《ごて》でも押し付けますわ」

「頭にか⁉」

ようやく反応したサイラス。

わたくしは満足し、ふふっと笑った。

だって剃った頭を放置していれば、そのうちまた髪は生える。しかし裏切られたわたくしの心の傷は絶対に癒《い》えない。ならば、同じような目にあわせるのが道理ではないの？

「身を以て思い知らせるのが、再発防止への一番の鍵でしょう？」

唖然《あぜん》としたサイラスは、ふとわたくしの後ろにいるアンを見た。

アンは泣きそうな顔のまま、必死に頭を下げる。

……なぜあなたが謝るのよ、アン。

あ、サイラスもわたくしを無視して「もういい」と、ゆっくり首を横に振らないで。そして呆《あき》れた目でわたくしを見るなっ！

何よ、と抗議しようとした瞬間、サイラスがわたくしの前にサッと手を差し出す。

差し出されたサイラスの手に目線を投げていると、

「お相手願えますか？　レディ」

至近距離で、お得意の王子様スマイルが展開されていた。

若干《じゃっかん》気持ち悪っ！　と思ったのは内緒。

「いいわ」

尊大な返事をして手を差し出す。

サイラスは微笑んだままわたくしの手をとり、自分の腕に絡《から》めた。

こうして並ぶとあらためて分かる。見た目よりずっと背も高いし、手を絡めた腕も硬くて太い。

本当に軍人なんだわ。

歩調もわたくしに合わせたまま、わたくし達は無言で廊下を歩いた。

◆十四　サイラスの特技

で、そんな登場したから仕方ないんだけど。

晩餐中、いかつい目つきの父と、美人だが押しの強い母がうかれるうかれる。しゃべるしゃべる。

勘違いなさらないで、お父様とお母様！　別に仲が良くなったわけじゃありませんわよ。これもサイラスの嫌がらせですわっ！

楕円のテーブルに、入り口から近いホスト席に父、左隣にお兄様、右隣はわたくし。向かい側、父の前に母。母の右隣にサイラス、左隣にティナリアが座る。

さして大きくない我が家の家族用食堂室のテーブルだったので、言葉のキャッチボールが夫婦の間で、問答無用にぽんぽん交わされる。

そしてそれに巻き込まれる、サイラスとお兄様。

何がきっかけかもう思い出せないが、とりあえず両親の半分惚気《のろけ》の入った話を変えようとお兄様が動く。

「そういえば、シャーリーとティナはおそろいだな。ティナもそういうデザインが似合うようになったんだな」

いっせいに、わたくしとティナリアに視線が注がれる。

注目され褒められたティナは、恥ずかしそうに頬を赤く染める。

もう、可愛い。

我が妹ながら、微笑ましい。

ティナリアの照れる姿に、両親（特に父）はきゅんっとなっていた。

あ、父の顔を見てサイラスがビクッとした。いいわよ、お父様。

そう、今日のティナのドレスはわたくしのドレスと色違い。ピンクのドレスに、白い線はレースで縁取られている。髪はシリーが担当したのだろう。ほぼ同じで、リボンは黄色いレース。

先ほどサイラスが言っていた『おそろい』の意味が分かった。

「こ、この前作っていただいたのです。お姉様のドレスを真似してみました」

恥ずかしそうに告白するティナに、両親はうんうんと何度もうなずいている。

お兄様が「似合うよ」といえば、ティナは更に赤くなる。

ちらっとわたくしのほうを見たので、わたくしもにっこり笑ってうなずいた。

ぱぁっと花が咲いたように笑顔になったティナリアに、またも両親（特に父）はきゅんっとなったようだ。

あ、サイラスもビクッとした。

……最高です、お父様。そのまま顔面兵器でいてくださいませ。

柔らかいステーキを赤ワインソースで頂いていると、話がまたも急転換する。

ちなみにきっかけは母。

「サイラス様、ひとつお伺いしたいことがありますの」

「なんでしょう?」

この部屋に入ってからずっと王子様スマイルのサイラスは、やはり変わらぬ笑顔を母に向けた。対して母は先ほどまでの笑顔を引っ込め、真剣にサイラスを見る。

「あの、申し上げにくいことなのですが、我が家の娘にお話を頂いたことは大変嬉しく思います。ですが、どうしてもサイラス様のお国の反応が気になるのです」

あ、本当だ。ライルラドの反応は噂話でいろいろ聞くが、イズーリ国での反応についての話は全然聞かない。

サイラスも王子様スマイルをやめ、母をじっと見る。

わたくしは、もう一度サイラスの身分を思い出す。

第三王子で王位は遠いが、血筋と地位はバッチリの王族。目つきは悪いが顔は良い。性格は腹黒真っ黒だが、王子様スマイルを展開しているなら問題なく隠れているだろう。結婚後それに気づいてもどうしようもないが……。何度も言うが優良物件だ。婿にいっても、臣下に降下しても高位の爵位が与えられる。

そんな王子の相手が他国の姫じゃなくて、そこそこの伯爵家の娘だなんて反対こそ起こっても賛成はないだろう。

父もお兄様も実は気になっていたようで、質問した母を咎《とが》めるどころか、じっとサイラスの答えを待っている。

重くなった空気の中、サイラスはゆっくりうなずく。

「あぁ、そのことですか。わたしの結婚に反対が起こっているのではないかという心配ですね」

「はい」

こくり、と遠慮がちにうなずく母。

わたくしは気になるものの、両親やお兄様と同じようにサイラスを直視するわけにもいかない。見たが最後。気になっています、と言っているようなものだもの。あえて目線を下げ、素知らぬ顔をする。

「大丈夫です。問題ありません」

今日一番の笑顔でサイラスは即答した。

「わたしの結婚に関しては、他国に婿入りする以外なら、自由に選んでよいと議会からも承認を得ています。陛下からもそうお言葉を貰っておりますので、ご心配なく」

「まぁ、安心しましたわ!」

母は満面の笑みで、そっと手を合わせる。

そんな母に熱い視線を送られ、居心地が悪いったらありゃしない。

どこを向いても笑顔だらけ。まぁ、お兄様だけはわたくしを理解しているらしく、逆に心配そうな顔をしている。

わたくしは、安心し笑顔満開でいる母のほうを向く。

「何を言っているの、お母様。自由が承認されているなら、それこそ身分関係なしに、周囲は縁談を持っていき放題じゃないですか。さぞたくさんお話がきているんでしょう?」

ねぇ、と視線を投げれば、サイラスは悪びる様子もなくうなずいた。

「きてはいますよ。あらかた叩き潰したんですがね。もう面倒なので放置して、このままわたしがさっさと結婚するのがいいんですよ」

わたくしにその王子様スマイルは効かないわよ。

「あらあら、選《よ》り取《ど》りみどりじゃないですか。じっくりお考えになったらどうです？」

ふふふっと笑い返せば、サイラスも笑顔のまま答える。

「時間がないし、面倒なんですよ」

本音が出たわね、この腹黒王子！

「こちらに来る時間があるのでしたら、その方々とお会いする機会をつくったらよろしいんじゃなくて？（訳：帰れ）」

「会うのが面倒ですねぇ。あぁ、そうだ。いっそのこと、わたしのことをあらかた理解してくれているあなたが代わりに会ってください。すぐにでも機会をつくりますよ（訳：イズーリに来い）」

「わたくし、この国から離れて生きられませんの（訳：嫌よ）」

「土があるなら生きられますよ（訳：いいから、来い）」

ふふふっ、ははははっと二人して黒い笑いを続ける。

母は満面の笑みを一転させ、父とともにオロオロとわたくし達を見守り、お兄様は見なかったことにして黙って食事を再開する。

誰も口が挟《はさ》めない雰囲気が漂い始めたが、それをぶち破ったのはやはりこの子だ。

「んーっ！　このシャーベットおいしい！」

口直しのシャーベットを、幸せいっぱいの笑顔で食べるティナリア。

すかさず控えていた執事が口を開く。

「こちらのシャーベットは、本日サイラス様から頂いたイズーリ国のメロンという果物で作ったものでございます。大変甘味があり、香りも豊かで我が国でも最近輸入が開始されたと聞いております」

「そうなの⁉　サイラス様、ありがとうございます」

にっこにこの『妖精姫』の笑顔に、わたくし達も毒気を抜かれてしまい、あっけにとられたかのようにティナリアを見る。

気を取り直したサイラスは、「また持ってきますよ」と口約束していた。

そこから父は、二度と不穏《ふおん》な雰囲気にさせまい、と必死にしゃべり続ける。

禁句となる結婚を匂わす会話さえなければ、わたくしだってサイラスを気にせずおいしく料理を味わえる。

ほとんど無言のままわたくしは、家族とサイラスの話を聞くだけだった。

デザートは甘さ控えめのプチケーキと、生のメロン。皮は緑なのに断面はオレンジがかった黄色。強い甘い香りが漂う。

一緒に運ばれてきたブラックコーヒーを、サイラスはそのまま一口飲む。

その様子をじっと見ていたわたくしと目が合い、サイラスは「何だ？」と、かすかに目を細める。

別に見たくて見ていたわけじゃないけど、本当に人前では無理をするのねぇ。男性って大変ね、とわたくしはシュガーポットを手に取る。

本当は一つだけ入れるつもりだったけど、サイラスが見ているのでちょっとだけ意地悪を思いついた。

シュガーポットからポイポイと角砂糖をカップに入れ、トドメとばかりにミルクをたっぷりそそぐ。

その様子を見ていたティナリアが、ギョッとしてプチケーキを食べようとしていた手を止めたが、気にしないわ。

ティースプーンでかき混ぜると、ジャリジャリと溶け切っていない砂糖が底に溜まっているのが分かる。見た目も薄茶色と白の色合いになり、さすがにちょっと入れ過ぎかしらと気が引ける。

でも、そんなカップを手に取りつつ、見栄を張ってブラックコーヒーを飲むサイラスに見せつけるように微笑む。


「…………」


怪訝な顔をしたサイラスと、なぜか勝ち誇った顔をするわたくしの間に、微妙な沈黙が降りただけだった。

何よ！　少しは羨《うらや》ましがりなさいよ。

ふんっ、とわたくしはたっぷりのミルクで温《ぬる》くなったコーヒーをグイッと飲む。

……甘っ‼

唇と口内に溶け残った砂糖がザラザラと存在を強調し、口の中にあるかすかなコーヒーの苦みを倍増させる。

急いで口直しにプチケーキを口に入れるが、甘いものには変わりがなく。ならば、と口にしたメロンも果糖独特の強烈な甘さを放つ。

「〜〜〜〜！」

目をつぶって甘さに耐え、とりあえずごっくんと飲み込んだ。

「お姉様」

「…………」

前方から向けられる、ティナリアの心配した視線。そして、離れた席に座りながらも、残念な者を見るような同情めいたサイラスの視線が降り注ぐ。

わたくしはそんなサイラスから目をそらし、デザートフォークを握る手に力を込めて耐える。

きぃいいいいい！　なんだか余計に悔しいわ‼

いつもは甘いデザートに笑みが浮かぶというのに、今夜だけは別。

見栄からコーヒーのいれ直しを頼むこともなく、わたくしはなんとか晩餐を乗り切ることができた。

ようやく口の中の甘さが落ち着いて、心の中でホッと一息ついていると、兄がサイラスを誘う声がした。どうやら遊戯室へと向かうらしい。

二人が部屋から出ると、わたくしも席を立つ。

その時、ふと何か言いたげな顔をした父と目が合ってしまった。


嫌な予感。


わたくしはサッと目をそらす。

と、その先にはティナリアと、楽しそうに話し込んでいる母の姿が……。

「それでは、部屋に戻りますわ」

あえて母に挨拶を告げる。

歩き出したわたくしの背中に、父がわざとらしい大きなため息をついていた。

◆◆◆

部屋に戻ってさっさとドレスを脱ぎ、コルセットも外す。

ゆったりした服に袖を通し、長椅子にゆったりと座り、わたくしはホッと息を吐いた。

「ずいぶんお疲れでございますね」

「本当に疲れるわ。これがあと何日もだなんて、信じられない。イリスのところにでも泊まりに行こうかしら」

ハートミル侯爵家は行くたびにとんでもないことが起きるし、と口にしたものの、イリスのところにも当分行けないだろう。

なぜか？

それはもう、今日のお茶会のマニエ様の発言よ。

お邪魔しようものなら、あの将軍から泣きのお願いがあるかもしれない。泣かれるというか、鬼気迫るお願いが……。


イリス、最近わたくしあなたの結婚ちょっと早まったかしらと思うことがあるけど、本人は幸せそうだからいいのよね。あなたはちょっと粘着質な愛が好き、ということでいいのよね？——ええ、きっとそうよ。

あーあ、マニエ様に逃げ道ふさがれた気がするわ。

普段は困ることなんてないけど、こういう時、お友達が少ないって困るわね。

頭の中では行き場所がないことが決定していたが、アンからも釘《くぎ》が刺される。

「シャーリーお嬢様。しばらくは勝手に外出など許さない、と旦那様がおっしゃっていました。わたくしにも、お嬢様から目を離すなと厳命されております」

「大丈夫よ。アンに黙って外出なんてしないわ」

「旦那様方は、この数日でお嬢様とサイラス様の仲を取り持ちたいようですね」

「無駄な努力ね」

はぁっとあからさまに嫌そうなため息をつき、わたくしは目をつぶった。

湯浴《ゆあ》みして、寝る準備をして寝台に入った時、「疲れたわ」と呟いて、ふと今日一日のことを思い出す。

◆◆◆

マニエ様のお茶会を思い出したはずなのに、パッと浮かんだのはサイラスの顔。

あの時いきなり背後に立たれたものだから、思いっきりカタログを叩きつけたのよ。当たればいいと思ったのに、カタログをキャッチした時の顔は、イタズラが成功した少年のような顔だった。

ちょっとだけだけど、可愛い面もあるのね、と思った。

「…………」

だからと言って、女性の会話に図々しく入り込んでくるのは褒められたものじゃないわ。

あぁ、そういえばレインとイリス。あの二人、マニエ様があの怪しいカタログから何かしらを選んで贈ったと思うのだけど、今頃どうしているかしら――なんて、無粋《ぶすい》な考えね。独り身のわたくしが考えることではないわ。

マニエ様は元人妻だけど、エンバ子爵と愛人のせいで「実体験なんて数えるほどよ」なんて言っていたわりには知識がすごいし。着々と社交界に独自の伝手《つて》を広げている。

そういえば最後は何と言われていたっけ？

確かわたくしの分を選んでいたような……。

送られてきたらどうしようかしら、とわたくしは額《ひたい》に手を当て、目を閉じてうつむく。

自分で着て喜ぶ趣味は持たないし、だいたいああいうのはお相手がいる方用でしょう。わたくしには必要ない物だわ。

そこまで考えた時、なぜかまたサイラスの顔が浮かぶ。

ぎょっとして目を開くと、あわてて起き上がってきょろきょろと部屋を見渡す。

いるわけないわ。それは分かっているのよ。でも……。

急にそわそわとしている自分に気づき、大きく深呼吸をする。

――落ち着かないわ。

男性の客人が泊まっていくことは、今まで何回もあった。それはお父様のお仕事関係の方か、お父様に似ていない優しい叔父様とか、それなりに信頼のある方ばかり。

こんなに気になるなんてことはなかったわ。

……嫌だわ。どこまで入り込んでくるのかしら。いいえ、むしろ信頼がないのよね。だから気になるんだわ。

安眠香《アロマ》でも焚《た》こうかしら、と暗い室内で考えていた時だった。

……戸締まり確認しよう。


アンがしてくれたけど、わたくしはもう一度自分で見回ることにした。

いえ、けっしてアンを信用していないというわけではないの。ただ、どうしても自分で確認しないと気がすまなくなっただけ。

薄手のガウンを着て、柔らかな室内履きを履く。

まずはドア。大丈夫。部屋の窓も一つずつ確認し、最後の窓の鍵を確かめる。

「あら？」

鍵がかかっているのを確かめたわたくしは、ふと庭のあちこちに明かりがともされていることに気づく。

一国の王子がお忍びとはいえ滞在しているのだもの。警備上真っ暗な庭というのは良くないものね。でも、夜の庭が照らされるのは本当に久しぶりだわ。

ジロンド家は伯爵位を持ちながらも、あまり夜会などは開かない。わたくしの醜聞《スキャンダル》もあるけど、世間からは当時の上位侯爵家との縁談に泥を塗った伯爵家、という認識があるから。

だから、最小限にしか夜会は開けない。開くとしても大広間のある別館だけを開放し、居住区のあるこちらの本館の庭が飾られることは滅多《めった》にない。飾るのは、身内のみを招待した小さな会の時だけ。

ふと、夜風に当たって気分転換すればいいわ、と思いつき、わたくしは鍵を開けてバルコニーへ出た。

涼しい夜風が弱く吹いている。

誰も見ていないなら、背伸びくらいしてもいいかしら。

目の前に広がる本館の庭を見つめ、両手をグッと上に伸ばした時。

それは突然現れた。


ストッと黒い影が左横に落ちる。


「?」

なんだろうと目を向けたと同時に、わたくしは驚きのあまり叫ぶこともできずにその場に崩れ落ちる。


「お前、何をしているんだ?」

夜に溶け込むように黒い服を着たサイラスが、不思議そうに首を傾《かし》げて見下ろしている。

それはこちらの台詞《せりふ》だわ!　サイラス‼

なんで人が落ちてくるのよ！

あ、あ、と短い言葉しか出せないわたくしを前に、サイラスは右手に絡めていた紐《ひも》をグイッと引っ張って巻き取っている。

「俺か？　俺は今更なんだが、まだまだどっかの誰かさんが承諾《しょうだく》しないんで、求婚者として屋敷の警備の抜けがないか見て回っていたんだよ。もちろん伯爵には許可をもらって……っていうか、お前、本当に大丈夫か？」

口をパクパクさせているわたくしと目線を合わせるため、サイラスは片膝をついて覗《のぞ》き込む。

「立てるか？　って無理そうだな」

「………」

そう、無理。なんせわたくし、人生で初めて腰を抜かしてしまっているんだから。

足が変。力が入らないし、自由が利かない。

キュッと唇を閉じ、ふいっと目線をそらす。

「しょうがない、ほら」

目線をそらしたままのわたくしの背中と、膝の下に手を入れられて抱っこされる。そう、本日二度目の『お姫様抱っこ』！

「嫌っ！」

「じゃあ、ずっと外にいて風邪ひくか？　弱ったところを俺に見せてくれるなら大歓迎だが？」

身をよじって抵抗しようとしたが、確かに長く夜風に当たっては体調を崩すかもしれない。

アンも心配するし、何よりサイラスに弱った姿なんて絶対見せたくないわ！

「………」

わたくしが目をそらしておとなしくなると、サイラスは少しだけ腕に力を入れて引き寄せる。

「素直で結構。とりあえずこのまま部屋に入らせてもらうぞ」

黙ってわたくしはうなずく。

サイラスはそのまま部屋に入って、寝台の上に下ろしてくれる。

「あ、ありがとう」

やっと戻ってきた声でそう言うと、サイラスは全然悪びれもせずフッと鼻で笑う。

「俺のせいだしな」

そうね。そのとおりだわ。

「あなたって隠密《おんみつ》みたいなこともするのね」

普通の王子様は、お屋敷の屋根に上ったりしませんからね。

「まぁ、実際見て確かめないと気がすまない性質《たち》だからな。エージュも最近は何も言わないな」

諦めたわね、エージュ。言って聞くなら言うが、サイラスは聞かない人間だから諦めたほうが自分のストレスも少なくてすむ。

「伯爵には『くれぐれもお気を付けて、そして早くお部屋へお戻りください』と言われたんだが、これはアレだな。娘の部屋には入らないようにってことだな」

「未婚の女性の部屋に、こんな時間に入るなんて不謹慎《ふきんしん》だもの。当然よ」

「俺が夜這《よば》いをかけるほど飢えているとでも？」

にやりと笑う顔が「どうだ？」と聞いてくるが、わたくしの態度は冷めたもの。目を細めて、分かりやすくため息をつく。

「飢えているならお国にお帰りなさいな。お相手がすぐに見つかるでしょう？　あっちでお見合いでも何でもすればいいわ」

「俺はお前といろいろしたいんだが」

「お断りですわ。わたくしはいろいろしたくありません。こっちは、あなたのせいで腰を抜かしてしまったのよ。休ませてちょうだい」

「つれないなぁ、シャーリー」

「慣れ合うつもりもありません！」

フンッと勢いよく顔をそむける。

ああ、いいかげん腰治らないかしら。まだ思うように力が入らないわ。

サイラスの前でだらしなく寝そべるわけにもいかず、どうにか両手で上半身を支えているのだけど、意外にきつい。いいかげん出て行ってくれないかしら。

「窓の鍵はかけて出て行ってね。部屋の鍵はわたくしが立てるようになったらかけるから」

「いや、俺のせいだし、ちゃんと面倒を見てやろう」

いらないって言っているでしょ！　と怒鳴ろうかと思ったが、ふとガウンが右の肩からずり落ちそうになっているのに気がつき、今更ながら自分の今の格好を思い出す。

薄着で部屋に二人っきりで、おまけに寝台の上ですって⁉

誘っているとか勘違いされないうちに、芝居うってでも速攻でお引き取りいただくわ！

「いらないわ。……お願いだから、出て行って」

伏し目がちに小さくお願いすると、無言で立っていたサイラスが動いた。

よし、成功！　と心の中で喜んでいると……。


「よいしょっと」


語尾の「と」でわたくしは反転させられた。つまりうつぶせ。

「は⁉」

ぎょっとして声を上げたが、サイラスは遠慮なく寝台に上がってきて、わたくしの横に落ち着く。

「なっ、何⁉」

「お前があんなに弱々しい声出すなんてな。大丈夫。刺激すればすぐに治る」

「しげ……はぁ⁉」

「腰を揉《も》んでやるよ」

「いぃ⁉」

「遠慮するな」

「やめっ！」

わたくしは急いで上半身を起こそうと、寝台に肘をついて顔だけ先に振り返る。

やめてっ！　触らないでっ！　触ったら大声出すわよ暴れるわよ！　ついでに寝込みを襲われたと言いふらすわよ！　という思いつく限りの悪態《あくたい》を尽きるまで吐こうとしたのだけど、ぽすっとサイラスの親指（？）が腰のとある一点を突いた。

はぅっ⁉

「……！」


声が出なかった。

はっと短く息が漏れる。

じんわり痛みが広がるけど、けっして不快じゃない。痛気持ち良いって感覚。

ぽすぽすと良いツボを刺激され、あっという間に抵抗する気力を失った。


……気持ち良い……。


「こってるなぁ」

「うぅー……」

うるさいわね、と言いたいがあまりの気持ち良さに脱力中。

寝台に顔をつけ、掌《てのひら》を軽く握りしめたまま快感に酔いそうな自分に耐える。

いくら体を動かしたって、昔から気苦労が多いせいかこりやすいの。

「しっかり鍛えてるけど、やっぱり筋肉の付き方が薄いな。女にしては硬いかもしれないが」

「うっ、くっ……はぁ、だ、誰と比べてるのよっ」

ツボの刺激に耐えつつ、イラッとして少し振り返る。

手の動きは止めないが、サイラスは少し意地悪そうに笑った。

「気になるか？」

「くっ、あっ……、勘違いしないでっ、だ、誰が気になるもんですかっ、あっ……」

「ここか？」

「あっ」

ビクッと体が震える。

サイラスは黙って刺激していく。


うぅっ、なんでこんなに気持ちいいんだろう。

特技が指圧とか、なんて強力な武器持っているのよ。毎夜指圧させたい放題ね……って、そうはいかないわよ。

でも、ちょっと、もう、……息苦しい。


わたくしは痛みと快感を耐えるために握っていた掌を開き、近くにあったクッションを手繰《たぐ》り寄せるとそのまま顔の下に抱き込んだ。

……はぁ、呼吸が楽になった。

刺激は徐々に上に上がってきた。今は背中の中ほど。

肺の後ろを刺激されているせいか、何度も短く息が漏れる。

背中も相当こっているようだ。時々背中が反《そ》ってしまうくらいの痛みがくるが、まぁ仕方ない。

「おい」

「な、に、んっ」

「……いつもの憎まれ口はどうした」

「えっ、……あっ」

え？　まさか罵《ののし》られたいの？

「これならどうだ」

言うが早いか、サイラスが腰の上に跨《また》がった。

重さはあまり感じないので、自分の膝で負担しているのだろう。

そのままわたくしのわきの下に手を入れて、ぐいっと背中を反らせた。

「やぁあああん！」

「⁉」

急にわきの下から手を抜かれ、わたくしはぼてっとクッションに顔から落下した。

しかしすっかり骨抜きにされてるわたくしは、わざわざ顔を上げて文句を言おうなどということはしなかった。クッションに顔をのせたまま文句を言う。

「いきなり痛いじゃない。するならゆっくりしてよ」

もちろん文句を言い返してくるだろうと思っていたのだが、返事は少し間を置いて返ってきた。

「あぁ、分かった」

あら、ちょっと意外に素直で元気ないわね、疲れたのかしら。でも、どうせならもう少ししてもらいたいわ。

わたくしも背中がじんわり熱くなって、瞼《まぶた》もちょっと重くなってきた。

思いが通じたのか、すぐ指圧が再開される。

肩と首の指圧は気を抜くと口が半開きになって、とても人様に見せられるような顔じゃなかった。もう、涎《よだれ》が出そうだった。

その頃になるとだんだん視界がぼやけてきて、意識もふわふわして、起きているのか寝ているのか分からなくなってくる。

時々サイラスが何か言っているようだが、正直返事はしていない。ただ口から出るのはツボの刺激で出る「あ」とか「う」とかの吐息だけ。

一方的に話しかけてくる内容は、なにやらわたくしをからかっているようだったが、もう聞こえないわ。

「……シャーリー、なぁ……。おい」

「うー……」

何よ、眠いってば。

そう言ったつもりだった。

それっきり何も聞こえなくなる。

その時、サイラスがものすごい形相でわたくしを睨み下ろしているなんて、全然知らなかったのよ。

だって眠かったんですもの。

おやすみなさい。

くーっ……。

「…………」

◆◆◆

「おはようございます、シャーリーお嬢様」

アンの声がして、わたくしは深い眠りの底からゆっくり意識を覚醒させた。

夢も見ないでぐっすり眠っていたらしい。

ハッとして飛び起きる。

サイラスはどうしたの⁉

きょろきょろと部屋を見るが、彼の姿はない。さすがに朝まではいなかったらしい。

これで隣に寝ていたら、絶叫はもとより、わたくし暴れて何するか分からなくってよ。

いちおう自分の体も確認するが、特に変わったことはない。体はかなりスッキリしているけど。

そうだわ。わたくしサイラスにマッサージしてもらったんだわ。それで、途中で眠くなって……。


えぇぇぇぇぇぇ!? わたくし寝たの!?


いまさらだけど、顔から火が出そうになるくらい恥ずかしくなる。

「お、お嬢様!?」

何かに驚いたアンの声がした。

顔を上げてアンを見ると、目を丸くしてわたくしを見ている。

「アン？」

どうしたの、と声をかけると、アンは自分を落ち着かせるようにごくりとつばを飲む。そして
ゆっくりとした口調で「お顔が」と言う。

顔？ わたくしの顔がどうしたのかしら。

あ、まさか涎たらして寝ていたの!? どれだけ疲れていたのかしら。

あわててサイドテーブルから手鏡を取り出し、顔を映して見た。


そして硬直。

……ナニコレ。

鼻の先に黒い丸。頬に三本のヒゲ。目と口の周りは黒く囲まれている。

「「…………」」

数秒の沈黙の後、わたくしは絶叫する。

「き……きゃあああああああああ‼」

「お、お嬢様ぁああ！」

つられたようにアンも取り乱す。

朝から響いたわたくしの悲鳴に一人が黒く微笑み、それを見て一人がため息をつく。
そしてその他大勢が何事かと、その手を止めたという……。

◆十五　鋼鉄のピンヒール

わたくしは部屋に閉じこもった。

普段は柔らかく泡立てた泡で優しく洗い上げる顔を、何度も何度もこすり洗いした。

お肌のキメが乱れるじゃないのっ！

すぐさま冷却パックして、化粧水をたっぷりコットンに含ませてそのまま貼り付ける。その次は保湿パック。当たり前だけど手持ちの一番良いのを、まるで夜会に出る準備をする時のようにたっぷり使った。


「許さないわ、絶対っ！」

拳に力を入れ、ドンッとテーブルを叩く。

カチャンッと紅茶の入ったカップが音を立て、サンドイッチなどの軽食が盛られた皿が揺れる。

「さすがに今回はサイラス様が悪いのですが……」

「ですが、何？」

ギロッとパックしたままアンを睨む。

「そのぉ、……どうしてサイラス様がお部屋にいらしたのですか？」

「……アンにならら話してもいいわ」

わたくしは昨夜の話をした。ちなみに家族には具合が悪いと言って閉じこもっている。

「油断していたけど、ふつう寝ている女性にイタズラするかしら⁉ しかも、こぉっんな子どもじみたイタズラをっ！ わたくし話に聞いたことはあっても、見たのもされたのも初めてだわ‼」

むしゃくしゃしててもお腹はすく。手近にあったサンドイッチを頬張ると、黙ってしまったアンを見上げる。

彼女の顔は若干青ざめていた。

「どうしたの、アン。顔色が悪いけど、具合でも悪いの？」

具合の悪い人に愚痴《ぐち》や世話をさせるほど、わたくしひどい主人じゃないわと心配すると、アンはいきなりまくし立てるように言った。

「なんて危ないことをなさるのですかっ！ ご結婚前だというのにもっとご自分の身に危機感をお持ちくださいませっ！」

「え？」

興奮した顔が赤い。具合は悪くないようだ。

しかし危ないといっても、危険なことをしていたのはサイラス。わたくしはバルコニーに出ただけ。

「アン、わたくし屋根になんか上ってないわよ」

「当ったり前でございます！ そもそも異性を夜にお部屋に入れるなど、言語道断《ごんごどうだん》でございますっ！」

「え、いや、だってわたくし立てなかったし」

「わたしをお呼びくだされればよかったのですっ！」

「言うより先にサイラスが動いたのよ。呼ぶ暇がなかったわ」

すごい剣幕《けんまく》のアンに、わたくしはちょっと身を小さくした。

とうとうアンは両手で顔を覆《おお》い、天を仰いだ。

そして数秒後。

「……お嬢様、サイラス様が紳士で何よりでした」

と、びっくりするようなことを言った。

「紳士、ですって⁉」

わたくしは眉《まゆ》を吊り上げた。

寝ている女性の顔にラクガキするような紳士なんて聞いたことがない。と、いうかサイラスが紳士という認識自体わたくしはしていない。

「あの腹黒真っ黒胡散臭《うさんくさ》い笑顔のラクガキ王子が紳士⁉　アン、あなたどうしたのよ！」

やはり病気かも、と心配になった。

だが、ゆっくり両手を外し、顔を戻したアンは真剣な顔つきでうなずく。

「貞操の危機、というお言葉をお忘れですか？」


……シーン……。

みるみる自分の目が見開くのが分かる。

「う、迂闊《うかつ》だったわ」

戸締まりを確認するまでは、少なくてもそういう考えを持っていたはずなのに。いざサイラスを目の前にすると、危機感というより対抗心が湧き出てくる。

ちょっと鍛えてます、くらいの男ならどうにか撃退できる。だが相手が腕の良い軍人となると話は別だ。やはりそこはどんなに頑張っても男女の差が歴然としている。

腹が立つことだけど、だいたいの女性は男性の力にはかなわない。力業《ちからわざ》でどうとでも既成事実を作ることは可能なのだ。

反省するわたくしに、アンはうんうんと大きく縦に首を振る。

確かに昨夜の流れで途中までは危なかったかもしれないけど、寝ている女性にキスどころかラクガキをしていく人よ？ そこまでの雰囲気を出せるかしら。

「でも、相手はサイラスよ。本気で嫌がれば、たぶんやめてくれるわ」

「えぇ⁉」

わたくしがぎょっとするくらいの勢いでアンが驚く。

今度は何？

「あなた、今サイラスが紳士だと褒めたじゃない」

「い、いえ、そのことではありませんっ！ お嬢様が言われたことに驚いてしまって……」

ん？ とわたくしは頬に指を当てて考え出した。

しかし、どうしてアンが驚くのか分からない。

あのサイラスだもの。本気で嫌がったらやめてくれそうじゃない。からかうことはあっても、嫌《けん》悪感《おかん》を持たせることはこれまでもしなかったし。

「お嬢様が男性を信じられるなんて……」

ぶつぶつと小声で呟くアンの独り言を聞き、あぁそうか、とわたくしも気づく。

なんでかしらね。たぶんだけど無理やりはない気がするのよね。

昨夜のマッサージでも別に変なとこ触られてないし、薄着とはいえシンプルなナイトウェアにガウンをはおっていた。サイラスにとっては、色気があるとは言えない格好だったのだろう。

それに顔が緩んで、一歩間違うと涎垂らしてたと思うし。


うん、やっぱりないわ。


「アン、サイラスは人の顔にラクガキしていくような人よ。それに国に戻れば女性に不自由してないと思うの。そんな人が何かすると思う?」

「お嬢様。わたしはサイラス様が、お国で他の女性を相手にしていることのほうが信じられませんわ」

分かってないわねぇと、わたくしは肩を軽く上げる。

「あの腹黒性格を出しているなら寄ってこないでしょうけど、縁談がきてるって話だから王子様の仮面被っているはずよ」

「そりゃあもう被っているさ。一部を除いて」

「でしょうねぇ」

ほほほっと笑って、ピシッと固まる。

ギギギッと錆《さ》びついた音をさせるように、ゆっくりと後ろを振り向く。

「よっ」

軽やかに右手を上げたサイラスが、昨日とは別の窓の前に立っていた。何か腰に大きな黒い袋をぶら下げているけど。

「サイラス！」

ガタンッと立ち上がりざまに椅子を飛ばすと、そのままズカズカと歩み寄る。

涼しい顔してイライラするわっ！

「なんってことしてくれるのよっ！　インクは肌に悪いのよっ！　あんな子どもでもしないようなイタズラするなんて、なんて人なの⁉　わたくしの中でちょっとだけ上がっていたあなたの評価が、一瞬で地の底まで下がったわよっ！」

「仕方ないだろう。ラクガキしてくださいと顔に書いてあったんだから」

「そんなわけないでしょっ！」

っていうか寝顔見られたの⁉

――って、ラクガキしてあったから見られてるか。くそぉっ。

にやりと意地悪い笑みを浮かべると、怒るわたくしの唇をつんっと指先でつついた。

「半開きで、今にも涎を垂らしそうないい寝顔だったぞ」

言われた瞬間、カッと顔が赤くなる。

「このっ変態っ‼」

両手の拳を握りしめて怒鳴る。

「その顔で怒鳴られても迫力ないぞ」

言われてハッと気づく。

そうだ。思いっきり顔面パック中。

あわてて両手で顔を覆ったわたくしの横から、アンが厳しい口調で援護に入った。

「サイラス様！　窓からお部屋に入るなんておやめくださいっ!!」

「気にするな」

さらっと言い返したサイラスに、アンは一瞬ぽかんと口を開けたが、すぐ顔を引き締めて言い返す。

「そういうわけにはまいりません！」

「堅物だな」

「一般常識よ」

やれやれと言いたげなサイラスに、わたくしも呆れた視線を送る。

とにかく、と、ぺろりとパックをはがす。もちろんスッピンだが、見られたからといって幻滅《げんめつ》させるほどではないだろうし、ちょっと傷つくが、これで興味をなくしてくれればと思う。

「……なんですの？」

テカテカとはしていないはずなのに、なぜかわたくしの顔を凝視《ぎょうし》する。

アンに差し出された手鏡で確認したが、パックのはがし残しはなかった。さすが最高級品。

まじまじとわたくしの顔を至近距離から観察していたサイラスが、悪気のないさわやかな笑顔を見せる。

「お前、化粧してないとちょっと幼く見えるな。ただ目つきは変わらないな。まるでいじめっ子みたいだ」

ガンッと、頭を鈍器《どんき》で殴《なぐ》られたかのようなショックを受けた。

お、幼いですって⁉

「ティナリア嬢が幼顔《おさながお》だからな。姉のお前も少しはその気《け》があったということか。昨日は暗かったし、お前の顔よく見てなかったんだが、へぇー」

さらに顔を近づけてくるサイラスに、わたくしはたじろぐ。

顔を盛大にひきつらせて、さらに数歩後退する。

そんなわたくしを助けてくれたのは、やっぱりアン。

「サイラス様！　女性のお顔をそのように見てはなりません」

やや緊張した面持ちで言ってくれたアンに、サイラスの視線がそれ、わたくしはサッと距離を取ることができた。

「まったく、失礼だわ」

フンッと顔をそむける。

いえね。分かっているわ。一国の王子に対してこの態度もどうかということは。

「まぁ、そう言うな。いろいろ塗りたくっているより、よっぽどいいと思うがな。ただ、化粧をしない男には分からんが」

そう言いながら、サイラスは腰に下げていた黒い袋を手繰り寄せ、中から白いレースを貼りつけた箱を取り出す。

チラッと横目で見たわたくしに、サイラスが箱を少し持ち上げる。

「贈り物だ、シャーリー」

「きっ、気安く呼ばないでっ」

「まぁ、座れ。シャーリー」

「〜〜！」

わたくしの名前（しかも愛称）なんてサイラスはあまり呼ばないくせに、なんでこんな時ばかり何度も呼ぶのかしら。

言っても無駄ね、とわたくしは渋々さっき倒した椅子を確認する。

もちろん、すでにアンがすぐ座れるように近くに立て直してくれており、わたくしは腕を組んだまま座る。

ニヤニヤと笑みを浮かべながら近づいてきたサイラスは、わたくしの目の前に立つとそのまま片膝をついた。

「え？」

てっきり「はい」と手を差し出して贈り物を渡されるのだろうと思っていたので、ついサイラスを覗き込む。

「な、なに？」

上目づかいにわたくしを見て、サイラスは箱を開け中を見せる。

箱の中には一足の赤いピンヒールがそろっていた。

先は丸く、表面の鮮やかな赤より濃い赤の小さな花のレースが縁取られ、花のレースの中心部には黒い小さな宝石がついている。足首に巻く部分には、赤と濃い紫の小さな宝石がちりばめられていた。

まぁ、とアンがピンヒールをうっとり見つめている。

わたくしもついピンヒールに気を取られており、気がつけば左足をヒョイと持ち上げられ、室内履きを脱がされていた。

「や、ちょっと」

あわてて抗議するも、サイラスは気にもしない。

「どうぞ、お姫様」

するりと履かされたピンヒールは、わたくしの足にピッタリだった。

サイラスは満足そうにうなずくと、右足も同じように履かせて立ち上がる。

「お手をどうぞ」

「………」

目の前に差しのべられた手に、黙って手を重ねて立ち上がった。

そのまま姿見の鏡の前に連れて行かれ、サイラスが満足そうに目を細める。

鏡の中ではピンヒールが光沢を放ち、わたくしも似合う自分を見て無意識のうちに口元が緩む。

「痛くないか?」

「大丈夫よ。でもどうやって靴のサイズを?」

「夜会のドレスを仕立てたマダム・エリアンに協力を依頼した」

「ああ、あの厳格そうなマダムね」

きっちり仕事を仕上げてきた、細身のマダムを思い出す。

もう一度鏡で全身を見た後、気になったことがあり右足をほんの少し浮かせる。

「どうかしたか？」

サイラスの問いかけに、わたくしは鏡の自分から足元へと視線を移す。

「いえ、素材が違うのかしら。なんとなく」

言葉を濁《にご》して膝を曲げ、指先で靴先を触ってみる。

つるりと磨かれ光沢のある靴先に触れると、見た目からは想像できないくらい硬い感触がある。

「ずいぶん硬いわね」

グイグイ押してもビクともしない。

「そりゃそうだ。革張りの下に鋼鉄の板を入れ込んでいるからな」

「は？」

膝を曲げた姿勢のまま上を見上げると、サイラスがさも当然というふうに続ける。

「うちの軍で採用している鋼鉄靴の改良版だ。鋼鉄のピンヒール。思いついた後が大変だったが、どうだ、お前らしいだろう」

「…………」

「ちなみにこれを持っているのは、今はお前だけだ」

「…………」

開いた口がふさがらない、というのはこのことかしら。

世界で一つだけの品だとしても、まったく嬉しさが込み上げてこない。

近くで見守っていたアンも唖然としている。

サイラスが片膝をついた時、アンは声も出さずに頬を赤く染めて、うっとりとそのしぐさを眺めていたというのに……。

「こっ、鋼鉄のピンヒールですって？」

口元が引きつる。

「そうだ。ヒールの部分も鋼鉄入り。サイドにも使っている」

わたくしは「そう」と呟くと、ゆっくりと立ち上がる。

ジトッと、やや細めた目でサイラスを見る。

「あなた、どうして妙な細工をするの？　普通に靴をくれればいいじゃない」

「悪女と呼ばれ、つけいってくる男をなぎ倒してきたお前にこそふさわしいと思ったんだがな。

ピッタリじゃないか」

「つけいる男、ねぇ」

じぃっと目線を下に下げ、貰ったばかりのピンヒールを見る。


ええ、とてもすてきだわ。


「遠慮なくいただく、わっ！」

語尾の一言で、ガッとサイラスの足を踏みつけにかかるものの、間一髪《かんいっぱつ》で逃げられる。

二歩ほど後退したサイラスが「おい」と軽く睨む。

「相手が違うぞ」

「まぁ、間違っていなくてよ」

軽くスカートの裾を引き上げ、わたくしはにやりと笑う。

「俺がいない間の虫除け対策に使えという意味だ。間違えるな」

「おほほ。間違ってはいませんわ！」

再び語尾でわたくしは大きく一歩踏みつけるものの、やはりサイラスにひょいっと軽くかわされる。

「残念ながら、俺は普段から鋼鉄靴なんだ」

「だったら、強度確認のために踏まれてみなさい！」

と、今度こそと詰め寄って繰り出した一歩が、サイラスの靴をとらえる。

ガツッと鈍《にぶ》い音がして、じぃんと足首に振動が伝わる。

「痛っ」

軽くうめいたわたくしに、足をわざと差し出し余裕ぶったサイラスが呆れ顔で言う。

「遠慮なく踏んでくれたな。まぁ、そりゃ痛いだろう。いちおう女性用だし、重さ軽減で軍用に比べれば大したことはない」

「うぅっ」

足首がじんじんする。

「お嬢様！」

「念のため冷やせ。水を」

「は、はい」

アンはわたくしとサイラスが二人きりになるというので、部屋のドアを少し開けたまま、冷やすものを用意するため出て行った。

「お前はこっち」

何も言う暇もなく、ひょいと抱かれて、さっきまで座っていた椅子に下ろされる。

「ほれ、見せてみろ」

「ちょっと！」

抗議するが、サイラスはまったく気にしない。

片膝をつき、右足を手に取ると靴を脱がせてじっと見ている。

「…………」

気まずくなったわたくしは、フンと肘をついて顔をそらす。

「まだ痛いか?」

「いいえ。なんともないわ」

「そうか。良かったな」

優しく言われたその言葉に、少しだけドキッとしたのは勘違いだと思いたい。


と、そこで扉がノックされる。

「アン?　どうぞ」

声をかけると、隙間《すきま》を押し開けて姿を見せたのはエージュ。

「お迎えにあがりました、サイラス様。お仕事のお時間です」

「そうか」

エージュは細い目をわたくしへ向ける。

「ああ、すてきですよ。シャナリーゼ様」

「鋼鉄ピンヒールなんて贈られても嬉しくないわ。武器じゃない、これ」

「はい、お似合いです」

主人以上に食えない従者は、悪意のない笑みで返す。

あなた達、わたくしをなんだと思っているのかしら。

腹立たしいが、言えばもっと返ってくるだろうと口をつぐむ。

そして再び扉がノックされる。

「どうぞ」

返事をすると、今度こそアンが水桶《みずおけ》を持って入ってくる。

エージュに会釈しつつ、わたくしの傍《そば》までくると、すぐに水にガーゼを浸す。

そのガーゼを受け取ろうとしたサイラスを、わたくしはあわてて遮《さえぎ》る。

「もういいわ。お仕事なんでしょう？　今度は扉から帰ってちょうだいね」

わたくしがそう言うと、エージュがやれやれと肩をすくめる。

「サイラス様。正面から行ってもシャナリーゼ様は入れてくれないだろうと予想されて、まさか本気で窓からいらしたのですか？　やめてください」

「いや、絶対入れてくれないだろうしな」

「だからって窓から入ってこられるほうが迷惑だわ。今度したら、わたくしバルコニーなしの部屋に引っ越しますからね」

じろりと睨むが、サイラスは笑って立ち上がる。

「まぁ、ちゃんと入れてくれるならこんなことはしないさ」

「あなた次第ですわ」

「ははは、じゃあな」

無言で見送るわたくしに、エージュが会釈して扉を閉めた。

「はぁ」

「お嬢様お怪我《けが》は？」

「大丈夫。手をかけたわね」

でも念のため、とアンは足首を冷やしてくれる。

脱がされた右足の靴を手に持ち、じっくりと見つめてため息をつく。

とてもきれいなのに、どうして普通の靴を渡せないのかしらね！

◆◆◆

昨日貰った鋼鉄のピンヒールは、とりあえず箱にしまっておくことにした。

エージュに呼ばれて仕事をしに部屋に戻ったサイラスは、その後いろいろ忙しいようで、夕方からはライアン様主催の晩餐会に呼ばれて外出。

場所は王城ではないと、それをわざわざエージュがわたくしに伝えに来た。

「あらそう」とそっけなく答える。

「妃殿下は体調などを考慮され、ご欠席されます」

「そうね。大事な時期ですものね」

はいはい、とおざなりに答えるものの、エージュはまだ立ち去らない。

「他にも何か？」

「シャナリーゼ様のお兄様も護衛として同行いたします」

「…………」

「帰りは遅くなります」

「…………」


だから、どうしてそれをわたくしに言うの⁉

◆◆◆

そして、その夜遅くサイラスは戻ってきたらしい。

もちろん、わたくしはぐっすり寝ていたから知らないけど、朝起きたらアンが挨拶の次に嬉しそうに教えてくれた。

「あのグランティエールの最上階を貸し切ってのお食事だったそうですよ」

グランティエールとは、この王都で一、二を争う名店で、王族や高位貴族が贔屓《ひいき》にしている格式高いレストラン。ちなみにわたくしは行ったことはない。

「詳しいわね、アン」

別に気にならないのに、と顔をしかめながら顔を洗う。

「先ほどエージュ様と廊下でお会いしまして、お話を聞かせてもらったのです」

「それはなに？　わたくしに話せということかしら？」

柔らかなタオルで顔をふき、鏡台の前へと移動する。

アンはやんわりと唇を緩め笑う。

「おそらくそうではないかと。お嬢様にご安心いただきたかったのかもしれませんね」

「安心？」

「女性のいる食事会ではなかった、ということですわ」

「それならライアン様がご一緒ということで、分かりきったことだわ。あの方はリシャーヌ様一筋。リシャーヌ様に疑われるようなことは絶対しない方よ」

皇太子のライアン様は、正直わたくしから見てやや頼りないものの、リシャーヌ様への想いは重すぎるくらい一途《いちず》なもので、その点は信頼できる。

そんなライアン様との食事会に、女性の影などないのは当たり前。

わざわざ回りくどく言う必要はないと思うわ。

朝の支度をしていると、部屋のドアがノックされる。

「どうぞ」

軽く化粧もすんでいたので招き入れると、そっと扉を開いて入ってきたのはティナリア。

「おはよう、お姉様」

「おはよう、ティナ。何か急ぎ？」

「え、えぇ」

もじもじと何やら言いだせずにいるティナリアを見て、わたくしは首を傾げる。

「どうしたの？」

「あ、あのね、サイラス様を……そのぉ」

腹黒王子の名前が出たので、ムッと顔をしかめる。

「サイラスがどうしたの？　何かされたの？」

「ち、違うわ！」

ティナリアは大慌てで両手を振る。

「り、リンディ様がサイラス様にお会いしたいって言っていたの。ちょっとだけ、偶然みたいに装ってチラッと見るだけでいいから！」

まぁっと、わたくしとアンが目を丸くする。

「リンディ様はサイラスが好きなんですの？」

「ち、違うわ！　あの、素材として、そのぉ」

「素材？　あぁ、そういえば少し前にもそんな話をしていたわね」

確かプッチィ達に出会った、ハートミル侯爵家でのお茶会の前だったわね。

そしてリンディ様の趣味を思い出す。

リンディ様は裏で『ポリーヌ』というペンネームで活躍している、ボーイズラブ作家だ。その素材ということは……。

「んふっ！」

口元を手で押さえたけど、堪えきれずにわたくしは噴き出してしまう。

「お姉様？」

「ふふふ、いいわ。協力するわ」

ボーイズラブはわたくしの趣味じゃないけど、無垢《むく》（？）な少女達を楽しませる素材になってくれるならいい話じゃない。

――――精神的ダメージ狙《ねら》いだけどね。

「サイラスの予定を聞いて、さっそく動きましょう。今日でもいいのかしら？」

「まぁ！　リンディ様喜ぶわ」

「午前のお茶の時間は早すぎるかしら。でも、サイラスもいつまでいるか分からないし」

「あの、お嬢様」

黙って話を聞いていたアンが、言いにくそうに口をはさむ。

「なぁに？」

「しばらくお屋敷には、旦那様の許可がなければどなた様もお呼びできません」

「え！」

驚いたのはティナリア。みるみるしょんぼりして頭を下げる。

「警備上の問題、というわけね」

「さようでございます」

うーん、とわたくしは考える。

サイラスを伴って出かけるのは無理があり過ぎる。だとすると、やっぱりリンディ様をお呼びするしかない。

「こうなったら、正直にあなたに会いたいという人がいるのって、話をしてみようかしら。サイラスがいいと言えば、リンディ様を堂々と呼べるし、会えるしバッチリじゃない」

わたくしとしては、リンディ様がサイラスを素材にしてくれるだけでいいもの。

「本当？　お姉様」

「今から言ってくるわ。アン、お願い」

「かしこまりました」

伺いをたてるため、アンが先にサイラスの部屋へと向かう。

残ったティナリアに、リンディ様の予定を聞く。

「リンディ様のご予定はいいの？」

「ええ。この間、大きなイベントが終わったから、しばらくは充電期間ですって言われていたわ」

「そう。ならいいわね」

「ふふっ、すてきなイベントだったわぁ」

うっとりと何かを思い出しているティナリアに、どんなイベントかを聞く勇気はなかった。たぶん、わたくしが聞いてはいけないイベントだと思う……。

しばらくあれこれ思い出して百面相をしているティナリアを見ていると、部屋のドアがノックされる。

「はい、どぅ……」

「どうした、何か用か？」

わたくしが返事をするより先に扉を開け、勝手に入ってくるサイラス。

「あなたねぇ。まぁ、いいわ。あなたに会いたいという方がいるの」

言ったとたん、サイラスの眉間に深い皺が寄る。

「ああ、勘違いなさらないで。別にお膳立《ぜんだ》てしようというわけではないの。その方はティナリアのご友人でね、あなたのファンらしいのよ」

眉間の皺はなくなったものの、サイラスはもじもじと立っているティナリアをチラッと見る。

別に睨まれたわけではないけど、ティナリアはこれから怒られる子どものように、ビクッと細い肩を震わせる。

「そんなに警戒しなくても大丈夫よ。可愛らしいお嬢様よ」

わたくしがにっこり笑えば、サイラスはフンッと鼻を鳴らす。

「見返りは貰うからな」

「何言っているのよ。貰うのはこっちよ。イタズラ描きを許したわけじゃないんだから」

「あれは傑作だった」

サイラスは思い出したかのように、意地悪くククッと笑ってわたくしをじろじろ眺める。

「とにかく、午前のお茶の時間よ」

「分かった」

「分かりましたわ！　ではさっそく」

ティナリアは嬉しそうに部屋を出て行く。

そしてわたくしは、というと——ちょうど朝食の支度ができたと呼びにメイドが来たので、これまた不本意ながら、サイラスと一緒に向かうことになった。

わたくしとサイラスが並んでやってきたのを見て、父はかなりご機嫌になり、その隙にさっさとリンディ様訪問の許可を取った。

◆
◆
◆

「は、初めてお目にかかります！」

見た目物静かな才女のようなリンディ様は、よほど緊張していたのか、最初は動作もぎこちなく、見ていてこっちがかわいそうになるくらいだった。

だが、だんだん慣れてくると、時々鼻息荒く熱心にサイラスを観察していた。それに気がついた時はわたくしも驚いたが、先に気づいたティナリアがサイラスの注意を引きつけていたので、きっとバレていないと本人は思っているだろう。

でもリンディ様。時々身もだえしていたのはなぜですの？

それと、わたくしと目が合った時も同じようにされたのですが、なぜですの？

疑問は常に頭の中に湧き出ていたが、短いお茶の時間はリンディ様が話し続けてあっという間に時間が経ってしまった。


失礼します、とリンディ様は席を立ち、見送りにティナリアも席を立って出て行く。

「よし」

ポンとサイラスが膝を叩いて立ち上がる。

「行くぞ」

スッと、わたくしの目の前に手が差しのべられる。

「え？」

「さぁ、立て」

「えぇ!?」

強引に左腕を掴まれ立たされると、グイッとそのまま引っ張るように歩き始める。

「ちょっと！」

「お前の願いを聞いたんだ。次は俺の用事だ」

キッと睨みつけるも、サイラスはどこ吹く風とばかりに気にしない。

応接室を出て、屋敷の裏のほうへと歩いて行く。

腕は相変わらず強く掴まれたまま、わたくしは渋々、そして小さくぶつぶつ文句を言いながらついて行く。

「シャナリーゼお嬢様」

ふと声をかけられて、サイラスも足を止める。

わたくしが顔を上げると、そこには執事のクオーレがなぜかバスケットを持って立っている。

「クオーレ、ちょうど良かったわ」

話を振って、サイラスに手を離してもらおうと思ったのだが。

「はい、ご準備できております」

見当違いの答えが返ってきた。

「え？」

「ああ、じゃあ行こう」

なぜかサイラスに通じたらしい。

再びグイグイと引っ張られるようにして歩き始め、なぜかクオーレもついてくる。

「どこへ行くのよ」

「外だ、外」

「外？」

裏の庭にでも出るのだろうか。散策するなら表庭のほうがはるかにいい。裏の庭には菜園や家畜小屋などがあるだけ。

だが、連れてこられたのは屋敷裏のエントランス。

その先に見える庭には、栗毛《くりげ》の馬が一頭、馬丁《ばてい》に手綱《たづな》を握られて立っている。

そこにはわたくしの白い帽子と日傘を持つアンが複雑そうな顔をして立っており、その隣には箱型の籠《かご》を持ったエージュまでいた。

「どういうこと？」

ようやく立ち止まったサイラスの腕を払い、じろりと睨む。

「いい天気だからな。出かけよう」

「軽食もご準備できておりますよ、お嬢様」

「え⁉」

クオーレは自分が持っていたバスケットを少し上げて見せ、アンから日傘も受け取る。

そしてそのまま馬のところまで行くと、彼はバスケットと日傘を馬へくくりつける。

「お帽子です。お嬢様」

申し訳ありません、と顔を歪《ゆが》めるアンがわたくしへ帽子を被せる。

その横で、エージュがサイラスに自分が持っていた籠を渡す。

「リードはこちらです」

「分かった」

籠を受け取ったサイラスがわたくしの顔を見たので、遠慮なく睨んでやる。

「……決定事項なわけね」

「客人をもてなす、と初日に言っていたじゃないか。俺の羽伸ばしに付き合え」

にやりと笑うサイラスに、わたくしはため息で返す。

「外出するなら着替えてまいりますわ」

「そのままで十分だろう」

そう言ってわたくしの腰に慣れた手つきで腕を回し、グイッと引き寄せたかと思ったら馬のほうへと歩き出す。

「う、馬？　馬車は……」

「相乗りだ」

楽しそうに笑うサイラスに、わたくしは言葉を失う。


あ、相乗りですってぇえええええええ⁉

◆十六　初デートなんて、冗談じゃありませんわっ！

こんな時間からどこへ⁉


馬丁に籠を渡し、サイラスはわたくしの腰を抱えたままひらりと騎乗する。

「きゃっ」

急に目線が高くなり、横乗りで馬に乗せられたものの、バランスが取れずにサイラスの腕にしがみつく。

手綱を握ったサイラスに、馬丁が籠を差し出す。

「おい、お前が持て」

「え？」

どうやら籠を持てと言っているらしい。

「ま、まったく乱暴ね」

ぶつぶつ文句を言いながら、馬丁から籠を受け取ると、なにやらガサゴソと中で動いている。

「な、何が入っているの⁉」

「落とすなよ。ウィコットだ」

「え？」

あわてて膝の上に大事に抱え直すと、小さな声がする。

「みぅうう」

「んみぃ〜」

カリカリと爪で籠を引《ひ》っ掻《か》いている音がする。

じっと籠を見ていると、お腹の前に回っていたサイラスの腕がギュッとわたくしを抱きしめる。

すぐそばの顔を見上げれば、サイラスはにやっと笑う。

「俺もウィコット達も気分転換だ。ついて来い」

「……そういうことは、もっと前に言ってほしいですわ」


じつは、いつかプッチィ達を外に連れて行きたいと思っていたのだけど、イズーリの希少な珍獣を危険な目にはあわせられない！　と、両親もクオーレも部屋の外へ出すのは反対しっぱなしだった。

ちょっと過保護過ぎないかしら？　と思ったのだけど、万が一を考えれば無理強《じ》いもできずにいた。

……そうね。プッチィとクロヨンのためなら、サイラスと一緒というのも我慢できるわ。これで何もなければ、まずはお庭に出すことを認めさせてやるんだから！

ツンと顔をそらすと、エントランスに出たアンが心配そうにこっちを見ている。

わたくしは黙って小さくうなずき、アンを安心させる。

「では行くぞ」

馬がゆっくり動き出す。

ぐらっとしたので、籠を右手でしっかり押さえ、左手でサイラスの腕を掴む。

何かの思惑《おもわく》を込めて意図的に異性に近づいたことはあったが、それ以外にこんな近くに男性を感じたことはない。


——顔に出てないかしら。


あえて顔は上げずに、ずっとサイラスの胸の辺りで顔を伏せる。

黙ったままでいると、ジロンド家の門をとおり抜けて外へと出た。

「どちらへ行くんですの？」

「セイドの結婚式があった教会の裏は、確か森林公園だったな。あそこへ行こう」

「ベラルド大聖堂？　あそこは貴族街と商業区の境にあるから……」

馬車で急げば三十分くらいかしら、と続けようとしたら、急に馬の足が速くなる。

「きゃあっ」

籠を持つ手にも力が入るが、無意識のうちにサイラスの腕を掴む手にも力が入る。

「人出の多い道は避けたい。裏へ回るから、少し走るぞ」

すでに走ってるじゃない！

「ご、護衛はどうしたんです！」

「そんなの、適当につくだろうよ」

「て、適当⁉」

「邪魔すんなって言ってある」

何よそれ！

睨みつけて顔を上げれば、黒髪をなびかせ、風を気持ちよさそうに感じているサイラスの顔があった。

わたくしは気まずげに顔を伏せ、帽子でサイラスからは顔が見えないようにする。

「……先に言いなさいよね」

聞こえないくらい小さな声で不満を漏らし、馬から振り落とされないように、わたくしはサイラスの腕の中におとなしく身を寄せた。

◆◆◆

時間は短かったのか長かったのか分からない。

行きかう見知らぬ人達にもサイラスの腕にしがみつくなんて姿を見られたくなくて、ずっと顔を伏せていた。

だから、サイラスがどんな顔で馬を走らせていたのかなんて知らない。

ベラルド大聖堂は高台にあり、表は白く長い階段で訪問する人々を迎えるが、その裏にある緑豊かな森林公園は歩道が整備されているだけ。ほとんどが自然のままに生かされており、自由な出入りが可能なことから市民の憩《いこ》いの場として広く利用されている。

馬の足がいつの間にかゆっくりとなり、わたくしがやっと顔を上げると、そのタイミングを見てサイラスが話しかける。

「馬を預ける。先に降りるから、ここを持ってろ」

言われて指差されたのは、鞍《くら》の先端にある出っ張った部分。

「……わたくし、おとなしい馬しか慣れてないの。帰りは走らないで」

おとなしそうなあのイリスは、顔に似合わず馬を早駆けさせるのが大好きで、夫とよく遠出に出かけるらしい。

わたくしも、婚約破棄後にお兄様に教わって乗馬にチャレンジしたものの、なかなかいうことを聞いてくれず慣れなかった。

幸いおとなしく、速く走るのが苦手な牝馬《ひんば》が言うことを聞いてくれたので、領地に出かけた時は彼女に乗ってゆっくり散歩をする。

馬から降りたサイラスは「へぇ」と、意外そうに眉を上げる。

「暴れ馬にでも乗ってそうだがな」

「どういう意味よ」

「案外可愛らしいところがあるんだな」

ははっと軽く笑われて、わたくしはサイラスの言葉に驚く。

……か、可愛らしいですって？　このわたくしがっ⁉

「ほら」

固まるわたくしへ、サイラスが右手を差し出す。

「籠」

そう言って、まずプッチィ達の入った籠を地面に下ろす。

「お手をどうぞ、お姫様」

そのからかい口調にムッと口を曲げ、わたくしも正気に戻る。

「結構よ」

鐙《あぶみ》に足をかけずに腰を滑らせて降りようとしたが、サイラスがその場から動かなかったせいで、まるでサイラスの腕に飛び込むような形になる。

「あ、危ないじゃない！」

サイラスの胸に抱き止められながら抗議する。

「おてんばお姫様。昨日足首を痛めたばかりでしょう。今度こそ怪我をしますよ」

「大丈夫よ！　ヒールの高い靴じゃないもの」

「怪我してからでは遅いぞ」

まるで子どもに言い聞かせるみたいに言う。

もう一言文句を言ってやろうと思ったが、視界の端に家族連れの姿が映って口をつぐむ。

「……分かったから、離して」

「はい、お姫様」

よく考えればここはベラルド大聖堂の裏にある、馬や馬車が預けられる唯一の場所。当然他の人の目もある。

サイラスが離れたので、そっと顔を上げれば、先ほど見た家族連れの子どもが不思議そうにわたくし達を振り返って見ている。

さすがに親は見ないふりをしてくれたが、子どもは正直だ。

「………」

気まずくなり、帽子を深く被り顔を隠す。

その間に、サイラスは馬からバスケットと日傘をほどく。

「ほら、日傘……て、どうした?」

「なんでもないわ」

どうしてこの人は周りの様子を気にしないのかしら!

自分だけ恥ずかしがっているなんて、ちっとも面白くない。

日傘を受け取って広げて待っていると、サイラスが戻ってくる。

「さぁ、行こうか」

プッチィ達の籠とバスケットを左手に持ち、サイラスが右手を差し出す。

「一人で歩けるわ。プッチィ達を大事に持ってちょうだい」

「おやおや」

軽く肩をすくめ、サイラスはあっさり引いて歩き出す。

天気の良いお昼時。行きかう人は意外と多く、その大部分の人は見目《みめ》が良く、両手にバスケットと大きめの籠を持つサイラスを振り返る。

そしてついでに目に入るわたくしのことも、遠慮なく見ていく。

当の本人はどこ吹く風とでもいうのか、まったく気にしていない様子。

わたくしは、はぁっとため息をつきたくなる。

日傘を差してなおかつ目深《まぶか》に帽子を下げて、サイラスの後ろを黙々と歩く。

この森林公園を貴族が訪れることは少ない。今こうして行きかう人達も、おそらく貴族に縁のない一般の人ばかり。

たまに行われる催し物に物好きな貴族がやってくることはあるが、今日のように何もない日だと来ることはないだろう。

だから、わたくしを知っている人がいるわけはないが、サイラスと一緒に歩く姿を興味津々《きょうみしんしん》に見られるのは何ともいえない。

……プッチィとクロヨンのために我慢よ。我慢するのよ。


「ここでいいか?」

注目される居心地の悪さなどに気をとられていたわたくしは、急に立ち止まったサイラスを追い越したらしく、気がつけば手首を捕まえられていた。

立ち止まった場所はちょっと木の陰に入ったところで、目の前には長方形の形をした簡単な木のベンチがある。

「木陰だし、文句もないだろう」

「え、ええ」

何より陰にあるせいで、人目に付きにくいところがいいわ。

さっそくサイラスはベンチにバスケットを置き、地面に籠を置いてポケットから赤と青の革紐を取り出す。

膝を折り、籠を開けて手を中に入れると、何やらごそごそとしている。

「何してますの?」

「紐をつけるんだ。散歩させようにも、逃げ出されてはかなわんからな」

準備ができたらしく、サイラスは二匹を両手に抱えて籠の外へ出す。

前足を挟んで、胸周りと首下をぐるりと紐が回っており、背中で調整され革紐が伸びている。

プッチィとクロヨンはヒクヒクと鼻を鳴らしたり、周りをきょろきょろ見たりして辺りをうかがう。

わたくしも木陰に入ると日傘を閉じ、ベンチへ立てかける。

「警戒してるのかしら」

「初めての場所だからな。まぁ、すぐ慣れるだろう」

サイラスの言うとおり、ほどなくプッチィが一歩大きく前に出た。

「ほら」

サイラスから、プッチィの背から伸びている赤い革紐を渡される。

「だ、大丈夫かしら？　犬の散歩もしたことがないのよ」

「大丈夫だ。いざとなれば抱けばいい」

「そうね」

クロヨンはサイラスの足元からまだ動く気配がなく、逆にプッチィは興味津々に辺りを見渡しては一歩一歩進んで行く。

その動きに合わせてゆっくりと一歩進んで様子を見ていると、普段は元気のいいプッチィが意外に慎重なところが見えて、クスリと笑いが出る。

「どうした？」

「いえ、いつも元気で大騒ぎしているプッチィがこんなに慎重になるなんて、ちょっと意外でしたので」

「そいつは早いほうさ。こっちのクロはまだだぞ」

振り返れば、確かにまだクロヨンは動いていない。

クロヨンに辛抱《しんぼう》強く付き合って、サイラスもただ動くのを待っている。


……あれくらい人に合わせることができたらいいでしょうに。


強引すぎるサイラスのこれまでを思えば、自然とため息が出そう。

そんなことを考えていると、急にサイラスが思い出したように顔を上げる。

「そういえば、ちょっと聞きたいことがあったんだが」

「あら、なんです？」

目線がわたくしの顔から、大きなしっぽをフリフリしながら慎重に歩くプッチィに落ちた。

「そいつ、なんでリボンしてるんだ？　クロと同じで首輪でいいだろう」

「あら、似合いますでしょ？　この子顔の周りの毛が長いので、ご飯を食べる時にいつも汚すんです。食べづらそうですし、切るのもかわいそうだから結びましたの」

食事のたびに口周りを拭いてあげるくらいならいいが、水を飲んでも濡らしているし、自分で舐《な》めようにも届かないらしくびちょびちょのまま。このままだと、濡れた毛が毛玉になると感じて結んだのだ。

「確かにそいつは顔周りがやたらと毛が長いが……」

「長いがなんです？」

「そいつ、オスだぞ。うちはメスにはリボンをしている」

「言われなくても分かってます。可愛ければいいんです」

サイラスは諦めたように何も言わなくなった。

動物にリボンの意味なんて分かりませんわよ。


結局十分経ってもクロヨンは動かない。プッチィも振り返って呼んだものの、動かないクロヨンのところへと戻る。

「もういいのかしら？　そういえばお水は？」

「あるぞ」

籠の蓋《ふた》にあるつまみを回すと、中にお皿が収納されていた。

サイラスはバスケットの中から水筒を取り出すと、お皿にそそいで二匹の前に置く。

「みぅ」

クロヨンがすぐに飲み始める。

プッチィはサイラスを見ていたので、遅れて横からグイッとクロヨンを押しのけて飲む。

「みぅみう」

「んみぃ」

どうやらクロヨンが文句を言っているらしい。

見ているだけで癒されるわぁ。

ふふっと自然と笑みがこぼれる。

「おい、そろそろ飯にしよう」

ハッとして顔を上げれば、ベンチに座ったサイラスがバスケットの中身を取り出している。

「紐、よこせ」

「え。ええ」

プッチィの革紐を渡すと、サイラスはクロヨンの青い紐同様に左手に通す。

「座れよ」

目線で示されたのは、広げたバスケットの中身を挟んだ向こう側。

「お、お前たちのもあるな」

わたくしが座ってサイラスのほうを見ると、ちょうどバスケットからニンジンを取り出してプッチィ達に与えているところだった。

「みぅうう！」

「みうみぅ」

二匹とも夢中でニンジンに噛《かじ》り付く。

その様子をニンマリ楽しげに見ているサイラスを見て、本当にウィコットが好きなのねと改めて思う。

「先にいただくわよ」

そう言ってわたくしはハムとチーズと野菜の挟んである、できるだけ厚みのないサンドイッチを手に取る。

ベンチに広げられたバスケットの中身は、具だくさんのサンドイッチの数々と、骨付き肉。水筒は二つあり、中身はさっきプッチィ達にあげた水と紅茶。

口を大きく開けるところなんて見られたくなくて、自然とサイラスに背を向ける。

「たまには外で食事もいいだろう？」

その言葉に目だけサイラスに向けると、骨付き肉をかじる姿がある。

「……もっと人がいないところがいいですわ」

近場にはいないが、遠くを見ればちらほらと人の影がある。その中でわたくし達の装いはちょっと浮いている。外出着に着替えなくて正解だったらしい。

「おや、大胆」

ひょいと器用に片方の眉を上げ、からかってくる。

ムッとしつつ、口の中のものを飲み込む。

「普通こういうことは、事前に言うべきですわ」

「いいじゃないか。突然そういう気分になる時もあるだろう？」

「ありません！」

女性にはいろいろ準備があるんだから、と言ってやろうと顔を見れば、サイラスはにやにやと笑っている。

「……なんです」

「いや、本の中ではこういう場合は『良い天気ですね』なんて、どーでもいいことを恥ずかしがりながら言うのが常識だろう？　それを読んでいるお前は、ちっとも可愛げがないことばかり言うんだなと思って」

ムカッ！

「勘違いなさっているようだけど、それは好意を持った相手と過ごす時の台詞ですわ。少なくとも今のわたくしには、関係ないものです」

ふんっと鼻で笑ってやれば、サイラスはそのにやにやとした笑みを深めつつ、ぐっと身を寄せてきた。間に昼食がなければ完全に肩が触れ合っていただろう。

「素直じゃないなぁ」

なぜか嬉しそうに目を細める。

若干目尻が下がったように見え、普段見られないような感情があった気がしたが、言われた言葉に驚いたわたくしは気づかない振りをして睨みつける。

「誰が人の顔にラクガキするような方を好きになるものですかっ！」

「あれは寝たお前が悪い」

「仕方ないでしょ！　疲れていたみたいで、気が抜けたんだから」

「またしてやろうか？　マッサージ」

うっと言葉に詰まる。

確かにあのマッサージは気持ちよかった。だが、未婚の女性がそう何度も体を触らせるのは良くない。

「……結構ですわ。アンにしてもらいます」

言ったものの、実はアンは下手。力がないというか、どうもわたくしには物足りない。

「まぁいい、いつでも言えばしてやる。ただ昼間限定だ」

「え？」

「結婚前の女性は何かと周りの目が大変だと、長兄が時々ぼやいていたなぁ。まぁ、今なら分かる気がする」

うんうん、と何かを納得してうなずく。

「とにかく嫁にきたら問題はないわけだ。夜だろうが朝だろうが、時間があればしてやるよ。それまでは昼間だけだ」

そしてふと目線を下へ向ける。

「……昼間なら自制がきく」

「は？」

「いや、こっちの話だ」

だが何かを思い出しているのか、サイラスの目線は外されたまま。

わたくしが「嫁」という言葉に、呆れてため息をついたのも気がついていない。

「昼間だろうとお断りです。それに嫁、嫁とうるさいですわ。結婚しろと催促されていないのでしょう？　今でなくていいではないですか」

「じゃあ後から（嫁に）くるか？」

「いきません」

ぴしゃりとはねつけて顔をそらす。

「どうしてもというなら、あなたには最終手段があるじゃないですか。お使いにならないの？」

「それじゃあ面白くないだろう？　俺はお前にうなずいてほしいだけだ」

「……うなずいたら、飽きて他の方を落としにいくのですか」

「なんだ、そんなこと気にしていたのか？」

少し明るくなった口調に、わたくしはあわてて首を振った。

「ち、違います！」

おやっとサイラスが面白いものを見たように笑う。

「照れているのか」

「違いますっ！」

ふんっとまた顔を横に背《そむ》けて、そのまま森を見る。

「……今日はどうしてここを選んだの？」

プッチィ達の散歩なら、あまり広くないけどうちの庭でもいいわけだし、サイラスの気分転換のわりには近場過ぎないかしら。

「ここか？　ここは、俺がお前に求婚しようと思った場所だからだ」

「——え？」

予想外の答えに、わたくしは軽く口を開けたままサイラスへ顔を向ける。

サイラスは木々の向こうに見える、ベラルド大聖堂の白い壁面を見ているらしい。

「お前を最初に見たのは少し前だ。ライアンを叱責《しっせき》していたな」

「………」

わたくしは黙って、手に残っているサンドイッチを口に入れる。

だってライアン様を叱責するのって、心当たりがあり過ぎていつか分からない。

「次にお前を見たのが、セイドの結婚式だ。好奇の目にさらされる中、お前は実に堂々と無視していたな。たいしたもんだと思った」

「あんな視線、慣れておりますもの」

さまざまな憶測《おくそく》、思惑を隠そうともせず視線に乗せてわたくしへと突き刺す人々。

わたくしだって二重、三重にと仮面をかぶって対応しております。

「そういえば、あの時拾ったハンカチ返してやろうか？」

「いりません。差し上げます」

「そりゃどーも」

おどけて肩をすくめて見せると、サイラスの手が卵、厚切りハム、チーズ等が挟まれた分厚いサンドイッチを掴む。

大きく口を開け、パクッと食べる姿をなんとなく見ていると、ふとサイラスと目が合う。

「なんだ？　欲しいのか？」

「違います。そんな厚みのある物食べるわけないでしょう」

慌てて取《と》り繕《つくろ》うように、また薄いサンドイッチを選ぶ。

「お肉はあなた一人でどうぞ。かぶりつくなんてできません」

「お前なぁ。市井《しせい》に出て暮らしたいとか言ってそれができないなんて、矛盾してないか？」

「今はしないだけです」

水筒の蓋にそそいだ、冷えた紅茶を一気に飲む。


昼食がほとんどサイラスの胃に収まった頃、プッチィ達もいい加減慣れたらしい。

サイラスの左手に通された革紐がグイグイと引っ張られ、プッチィ達は革紐が届く範囲ギリギリまで動き回っている。

「少し歩くか」

そう言ってベンチの上に広げたものを、手早くバスケットの中にしまって立ち上がる。

「来るか？」

差し出された手を見て、わたくしはそっぽを向いたまま手をのせた。

◆◆◆

すっかり慣れたプッチィとクロヨンは、辺りをきょろきょろしながらも、どんどん自由に歩いている。

革紐を手に持ちながら、わたくしとサイラスも後ろからゆっくりと歩く。

ベラルド大聖堂の城壁が日の光を浴びていっそう白く輝き、木々の間から吹いてくる風が気持ちいい。

プッチィ達の短い脚ではたいした距離ではないものの、彼らにとっては大冒険になっただろう。

少しサイラスと離れていたわたくしへ、後ろから呼ぶ声がする。

「シャーリー、そろそろ時間だ。戻るぞ」

え、もう？

来た時はウンザリして早く帰りたいと思ったけど、プッチィ達に付き合っての散歩はのんびりしていて心地いい。

不満げに振り向くと、サイラスが片手に懐中時計を持っている。

「分かったわよ」

なにかに夢中で、小さな植木のそばを離れないプッチィをひょいと抱き上げると、短い手足をジタバタと動かす。まるで「もっといる！」と駄々をこねているよう。

「みぅう」

「ごめんなさいね。楽しかったけど、もう帰るんですって」

まるで言葉が分かるように、大きな耳が垂れる。

「またお外で遊びましょうね」

いいこね、と頭を撫《な》でてサイラスのほうへと歩き出す。

サイラスも片手にクロヨンを抱いており、近づくと二匹は互いの匂いをフンフンと嗅《か》ぎ始める。

「まだプッチィは遊び足りないみたいね」

「クロもだ。そのうちまた来ればいい」

そうね、まずは庭に出したいわ。

そう思いながら、先ほど昼食をとったベンチへと戻る。

プッチィ達から革紐を外し、サイラスが籠へ入れると、すぐ不満げに鳴き始める。

「少し辛抱しろよ」

ポンポンと軽く籠の蓋を叩き、しっかりと閉める。

わたくしはベンチに座って、冷めた紅茶を飲み干してからバスケットへとしまう。

「では行こうか」

今日何度目かしれない手が、わたくしの前に差し出される。

その手を冷めた目で見ながら、肩の力を抜く。

「いちいち手をお借りしなくても立てますわ」

「だが、女性をデートに誘った時はこれが常識だろう?」

にやりと意地悪く笑い、不機嫌に口を曲げるわたくしを見ている。

「……勘違いしないで。デートじゃないわ、散歩よ。プッチィ達の散歩に来ただけよ」

「はいはい、そうでした」

おどけて言うが、差し出された手をひっこめる気配はない。

わたくしは仕方なく、といった感じで手をのせる。

――と、急にギュッと手を握られ、しかも親指で手首と掌の付け根を押される。

「何するのよっ！」

顔をしかめて睨む。

「お前、手も硬いな」

余計なお世話よ。

しかしそのまま右手を両手でふにふにと揉まれると、痛みが多少あるものの、あっという間に体の力が抜ける。

半分立ち上がったままだったので、腰がひけているような妙な格好のままわたくしは耐える。

「うっ……んっ……」

痛い……けど気持ち良い。

体中の力が抜けそうになるのを、目を瞑《つむ》って耐えていると、サイラスが「座れ」と促してくれた。

遠慮なく、すとんっと再び座る。

手の指圧は初めてだわ。手というのはこんなにこるものなのね！

すっかり骨抜きにされたわたくしは、とにかく痛気持ちいい快感に唇をきゅっとかみ締めて耐えた。

ちなみにやめてもらう選択肢《せんたくし》は思い浮かばなかった。

ふっと右手の刺激がなくなったので、わたくしはうっすら目を開ける。

見えたのはサイラスの足。右手の指圧は終わったらしい。

右手だけじゃ物足りないわ。

「あっ……こっちも……して？」

左手を差し出しつつ上目遣いに見上げると、なぜかサイラスは眉を寄せて困ったような顔をしていた。

……図々しすぎたのかしら。

ちょっと不安げに見ていたら、サイラスはその表情のまま黙って左手も手に取ってくれる。

「うっ……くぅっ……」

痛いけどやはり気持ち良い。この技術盗みたいわね。

血行が良くなったのかしら、体がすこし温まってきたみたい。

お昼の日の光のせいもあったのかもしれない。

やがて左手の刺激がなくなり、はぁっと至福のため息をついてぼんやりと目を開く。

「え？」

そこにはなぜかサイラスの近づきすぎる顔があって……。

なんでそんな恍惚《こうこつ》と切ない顔をしているの？

懇願《こんがん》するような目がだんだん近づいてきて、閉じられる。

…………。

――はい？

きょとんとしたのは一瞬。
次の瞬間、わたくしの目は極限まで大きく見開かれる。

唇に触れているのは何でしょう？

すこし冷たいけど、柔らかな感触。
優しく重なるだけの、とても優しいもの。
黒い髪が間近にあって、いつの間にか肩を抱かれてる。

――確かに今、キスされている。

「…………」

無言で離れたサイラスが、なぜか軽く自分に驚いたようにポカンとしていた。

何よ、その無意識でしてしまった、というような顔はっ‼

その顔にわたくしの中の怒りが爆発する。

「こぉの、節操なしっ‼」

バチーン！　と良い音が響く。

振り上げた右手は見事にサイラスの頬を赤く染めた。

「お前が悪い！」

ぶたれた頬をそのままに、サイラスが目をつり上げて抗議してくる。

「わたくしが悪いわけないでしょう！　したのはあなたなんだからっ」

「お前が悪い‼」

サイラスは何度も何度も、子どものようにわたくしに言う。

「悪いのはあなたよ！　まったく油断も隙もあったものじゃないわ」

ギリギリとお互い睨み合い、わたくしは拳を握りしめる。

「なんであなたは、そうわたくしの神経を逆なでするのよ！　好かれたかったらそれらしくなさい‼」

「キスぐらいで平手はないだろう。お前しかも本気で叩いたな？」

「あったりまえよ！」

わたくしは帽子を整え、日傘を手に取って立ち上がる。

「とっとと帰るわよっ！」

早足で勢いよく歩き出す。

サイラスも何か言いかけてやめると、籠とバスケットを持ってついてくる。

ずんずんと早歩きで馬を預けていた場所まで来ると、サイラスは何も言わず馬を取りに向かった。

バスケットを馬にくくりつけた状態でサイラスが戻ってくると、わたくしはずいっと右手の掌を差し出す。

「なんだ？」

眉間に皺を寄せるサイラスに、わたくしはさも当然と胸を張る。

「わたくし持ち合わせがありません。帰りは馬車で帰りますから」

誰が一緒に馬に乗って帰るもんですか！

「あいにく、俺もない」

「何ですって⁉」

「おとなしく乗るか、歩くかだな」

そう言ってわたくしから日傘を取ると、畳んで馬にくくりつける。

「あ、歩きます！」

「ほら、乗れ」

「きゃあっ」

わたくしの言葉なんて聞いちゃいない。

ひょいと抱きかかえられて、先に馬に乗せられた。

あわてて鞍の前のでっぱりを持って体勢を整えると、グイッとプッチィ達の入った籠が押し付けられる。

「じっとしてろよ」

そう言って馬に身軽にまたがったサイラスは、さっさと馬を歩かせ始める。

「……走ったりしたら、今度は逆の頬に平手打ちですわよ」

低い声で脅《おど》す。

「お前がじっとしていたらな」

サイラスもいつもの軽く流す口調ではなく、やや不機嫌そう。

なによ。不機嫌にさせたのはあなたじゃない。

男の八つ当たりなんてまっぴらごめんだわ、とわたくしは行きとは違い、腹筋と背筋にしっかりと力をこめ、鞍のでっぱりだけ掴んだ体勢を取ることにした。

おかげで、サイラスとわたくしとの間に妙な隙間ができる。


結局わたくしはツンツンとした態度を崩すことなく、背筋を無駄にピンと張ったまま馬に揺られることになった。

明日軽い筋肉痛が来るのは覚悟の上よ！


帰宅後、片頬が赤いサイラスを見て、エージュは息が続く限りの、深ぁ〜いため息を盛大に吐いて頭を抱えた。

エージュの前にサイラスが気まずそうに立つ。

わたくしはそんな二人の横を立ち止まることなく、プッチィ達を部屋に戻すべく無言でツカツカと怒りのままとおり過ぎた。

◆十七　サイラスの負傷

帰宅後、プッチィ達を専用の部屋に戻し、念入りにブラッシングしてから自分の部屋へ戻る。

帽子を脱ぎ捨て姿見に映った自分を見て、なんて顔なのかしらと頭を抱える。

まるで疲れ切った、老婆のような目をしている。

「何も考えずに眠ってしまいたいわ」

独り言を言い終えると、わたくしは寝台へと倒れ込む。

目を閉じてじっとしていると、ノックの音とアンの声がした。

「……アンだけならいいわ」

万が一にと条件をつける。

「……アン一人だけ？」

「はい。どうなさいました？」

馬に忘れてきた日傘を持ち、アンは寝台へと近づいてくる。

「最悪な散歩だったわ。顔を洗いたいの」

洗い流せるものではないが、あの感触は忘れたい。

忘れないと、今にもどうしようもなく叫び転がりたくなる。

「では、すぐに用意いたします」

様子が変だとは気づいているが、アンはとりあえずそっとしておいてくれるらしい。

その後、アンが水とタオルを用意してくれた。顔をきれいさっぱりと洗い流して、すっきりしたのち服を着がえていると、誰かが部屋を訪ねてきた。

アンが確認しに行くと、神妙な顔をして戻ってくる。

「どうしたの？」

「あの、エージュ様がいらしてます」

「エージュが？」

何かしら？　まさか平手打ちの抗議かしら？

いろいろ考えながらエージュを招き入れると、彼はきちっと腰を折る。

「本日は真《まこと》に申しわけございませんでした。主がいまだにすねておりますので、大変失礼ながらわたくしめが代わりに謝罪させていただきます」

「…………」

まさかの代理謝罪。

ゆったりと長椅子に座ったわたくしは、わざと深く背もたれに腰かけている。

「……サイラスがあなたにしろ、と？」

「いいえ。わたくしめの独断です。本来ならサイラス様ご本人にさせるべきところですが、先ほども言いましたように、部屋にてすねておいでです」

あっさりと主人の株を下げる。

「で、どうしろというの？　許すと言えばいいのかしら？」

初めてのキスでもないし、本当はちょっと驚いて手を出したに過ぎないわ。今まではキスを仕かける側だったんだもの。そう、不意打ちに驚いただけ。

「いえ、お詫《わ》びの品がございますので、サイラス様のお部屋へお越し願えませんか？」

「お詫び？　いいわよ、そんなの」

いらないわ、と手を振ると、顔を上げたエージュがにっこりと笑う。

「よろしいのですか？　イズーリが誇る有名なチョコレート工房の逸品ですよ？」

「え？」

ピクリと反応したのはわたくしだけではない。アンも黙って控えているけど、興味津々と目が輝いている。

わたくし達の反応に満足したエージュは、優雅に腰を折る。

「お察しのものに間違いないかと。ぜひ」

イズーリ国には、世界的に有名なチョコレート工房がある。

なかなか手に入らないものの、良心的な価格で、一度食べると忘れられないという。

わたくしも、レインがセイド様から贈られたというチョコレートをおすそ分けしてもらったくらいで、ライルラド国での流通は数が少ない。

「いいわ」

わたくしが長椅子から立ち上がると、エージュはもう一度にっこりと笑って腰を折った。

◆◆◆

サイラスが滞在している客間は応接間と寝室の二間続きで、お父様自慢のお部屋。

その応接間の長椅子に片肘をついて顎をのせ、ふんっと顔をそらしているサイラスがいる。

わたくしはその向かいの長椅子に座り、アンは用意されたお茶の控えをのせたワゴンの側《そば》に立つ。

エージュがサイラスの横に立ち、わたくしへと深く腰を折る。

「お詫びの品としては不十分かと思いますが、こちらイズーリ国王都のチョコレート専門店プリーモの、今月限定のギフトＢＯＸという詰め合わせでございます。数量限定ながら、誰かさんがわがままを言われて増産させたというものです。どうぞ」

そう言って、エージュがわたくしの前にある応接テーブルにのせたのは、赤や黄色の大きめの水玉がプリントされた、まるでケーキが入っているような大きな箱。

それに気づいて血相を変えるサイラス。

「おいっ、エージュ！」

あわてて立ち上がろうとするが、エージュは怯《ひる》まない。

「お黙りください、色魔の旦那様。これでもわたしはあなた様のお味方なんですよ？」

横目でサイラスを冷たく見下ろすと、次の瞬間には、にっこりとわたくしに微笑み箱を差し出す。

「お受け取りいただけますか？」

「喜んで」

わたくしもにっこり微笑んで、チラッと悔しそうなサイラスの顔を心の中で笑いながらその箱を受け取る。

「プリーモの店は純度の高い品質にこだわったものばかりと聞くわ。大量生産すると質が落ちるからと懸念して、オーナーが支店を増やさないのよね。おかげで手に入りにくいから、うちの国ではこちらのチョコレートを贈り物にすると大変喜ばれるのよ」

「それはようございました。質の良いチョコレートは適度に摂取《せっしゅ》すると体に良いものとされています。ちなみにそちらは本店限定品でして、お気に召されたようなら二号店限定品のギフトＢＯＸも後ほどお部屋に運ばせていただきますが？」

「エージュッ！」

とうとうサイラスが立ち上がる。

が、エージュは顔色を変えず、むしろため息をつきそうな態度で口を開く。

「本来限定品は味わって食べるものです。それを夜中にヤケ食いのように食べ散らかされては、チョコレート達がかわいそうです。ここはお詫びも含め、チョコレート達のためにも、シャナリーゼ様に召し上がっていただくのが一番です」

「だからと言って二つも渡すか⁉」

「乙女にひっぱたかれるようなことをした方が、何を女々《めめ》しいことおっしゃっているんですか。それにまだあるではないですか。全部並べましょうか？」

「……チッ」

サイラスは盛大に舌打ちして、どっかりと長椅子に座り込む。

そんな二人のやりとりを見て、すっかりわたくしの機嫌も良くなる。

「ふふっ、エージュはずいぶん意地悪ね」

わたくしは箱をテーブルの上に置く。

「エージュ、これ以上サイラスから甘いものを取り上げたら、きっと大変なことになりそうよ。それにわたくしも一矢報《いっしむく》いているのだから平気よ」

「シャナリーゼ様がお優しい方で何よりでした。世の中奇異なことにキスで妊娠する女性がいるようで、わたしもその昔対処に苦慮したものです」

さらりと暴露《ばくろ》された話に、サイラスは苦虫を噛みつぶしたような顔でエージュを睨み、わたくしはぷっと噴き出した。

「ほほほっ！　すごい女性がいるものね。キスで妊娠するなんて、それが本当ならわたくしは何十回と妊娠していますわね」

にこやかに爆弾を落とせば、エージュはすぅっと笑顔から真顔へ戻り、サイラスは黙ってわたくしを見ている。

アンは黙って控えているが、内心オロオロしていただろう。

そんな二人を見て、わたくしはふっと口元をほころばせる。

「そんな女に求婚してますのよ、あなたは。いい加減目を覚ましたらよろしいわ」

「目は覚めてる」

「色魔の旦那様とアバズレ女。良い組み合わせとでも？」

「そうやって無理に自分を落とすな。お前がやっていたことは、こっちで調べがついてる」

「あらあら、やっぱりあなたは変わり者だわ」

大げさに驚いて見せるが、サイラスの仏頂面《ぶっちょうづら》は変わらない。

全部知ってて求婚するなんて、本当に馬鹿だわ。

他国の伯爵家で、特に有名でもなければ権力があるわけでもない。財産も中の中。お兄様は出《しゅっ》世頭《せがしら》で妹は妖精と称《たた》えられる美少女だけど、その足を引っぱるわたくしを選ぶなんてどうかしてるわ。

「本当によく分からない人ね、あなた」

「俺も自分を過小評価するお前が分からん」

「お分かりにならなくて結構よ」

しゅるり、と箱のリボンをほどく。

ゆっくりと蓋を開けると、一口大の大きさのマルやハートの他、花の形や動物の形をした繊細なチョコレートが、一つ一つ虹色のセロファンに包まれて並んでいた。

チョコレートといっても黒や茶色だけではない。白はもちろん、花は赤やオレンジの色が入ったものもあるし、リスの形のチョコレートは微妙に頭としっぽの先の栗色の色が違う。

見ているだけで十分楽しめるチョコレートだわ。

「こんな繊細《せんさい》なチョコレートをヤケ食いだなんて、なんてことするのよ」

「お前のせいだ」

「あなたさっきからそればっかりね！」

こんなお子様には付き合っていられないわ。

わたくしはハートのチョコレートをつまむ。

おいしい‼

ピンクの色をしたそれは、口に含んだ瞬間に桃の香りがすっと鼻に抜けていき、中から甘い香りと味が何回も広がる。でも最後にはすっきりした少し苦味のある甘さになり、けっして喉《のど》が渇くような甘ったるさはない。

「良い笑顔だな」

「さようで」

うんうんとうなずくエージュに、わたくしはハッと顔を引き締めた。

「プリーモのチョコレートは最高だからな。いかに怒っていようが、すぐ笑顔になる」

そう言ってさも当然のように、サイラスは箱の中から一つつまんで自分の口に放り込む。

「弦まで再現されたバイオリンを見ないで一口⁉　あなたは大量生産された甘～いチョコレートでも頬張っていればいいわ」

「失敬だな。味にはうるさいぞ」

「見た目も味わいなさい」

プリーモのオーナー。姿を見たことはありませんが、あなたにわがままを言った人間はこのチョコレートを愛《め》でることを知らないようです。今度から適当に型で固めたものだけ渡してください。

「……お前、俺を残念な目で見るな」

「見ますわ」

「そんなにこれが気に入ったのか」

「あなただってお気に入りなのでしょう」

だからエージュが差し出した時に焦ったのだろう。

……チョコレートくらいでうろたえるな、腹黒王子。限定品だっていうのが弱点なの？

あなたは女子かっ！


「そんなに気に入ったなら、今度うちに遊びに出てくるといい」

「嫌です。その手には乗りません」

「信用ないな」

むっと心外だとばかりに顔をしかめる。

「信用なんてございませんわ。アンはあなたを紳士だと言っていましたが、わたくしだってわざわざわが身を危険に晒《さら》すことなんてしませんわ」

「監禁するとでも思ってるのか」

「思ってます」

「本当に信用してないな」

「ありません」

言葉のキャッチボールでなく、言葉の打ち返しと言ったほうがいいだろう。

お互いじっと見た後は、一気に力を抜いてため息をつく。

「しょうがない。来月の限定品を少し増産してもらおう」

「かしこまりました」

どうやら自分の予約分を分けてくれるのではなく、オーナー泣かせになるようだ。宝石は出すクセに甘いものに関してはケチね。

「それって頂けるってことかしら？」

せっかくだから、念を押しておく。

「ああ、やるよ。お前の分もしっかり確保する」

「ふふ、お願いね」

美味《おい》しいものに罪はないものね。

もう一つチョコレートをつまもうとサイラスが手を伸ばしたので、わたくしは素早く蓋をする。

伸ばした手はそのまま、ムッとした目を向けられたのでにっこり笑う。

「そろそろお暇《いとま》しますわ。失礼」

蓋をしたチョコレートの箱を持ち上げ、サッと立ち上がると、何か言いたそうなサイラスを残してアンと一緒に部屋を出た。

これ以上食べられてたまるものですか。

◆◆◆

サイラスの帰国は突然だった。

「え？　今日？」

アンから聞かされて、わたくしは首を傾げる。

昨日チョコレートをもらった時も、晩餐の時も何も言っていなかったのに、今朝になって急にそんな話が出るなんて。

「……ちょっとサイラスのとこへ行ってくるわ」

いつもより手早く身支度を済ませ、わたくしはサイラスの部屋へと急ぐ。

サイラスの部屋のドアをノックすると、エージュが一瞬驚いた顔をして開けてくれた。

部屋の中に入ると、すでに荷造りがすんでいるようで、大きめのトランクが二つ応接間に置いてある。

カチャッと軽い音を立てて、寝室から袖のカフスを留めながらサイラスが出てきた。

「お？」

こちらも一瞬驚いたように目を開くが、すぐにいつもの意地悪そうな笑みを浮かべる。

「どうした？　言い足りない文句でも言いに来たか」

「帰るって聞いたから来ただけよ。あなた、本当に口が悪いわ。あなたに言いたい文句の数々が、帰国間際のわずかな時間で終わるとでも思っているの？」

「……お前も遠慮がないな」

「お互い様だわ」

ふんっと胸を張って腕を組むと、サイラスがわたくしの方へと歩いてくる。

「まさか秘蔵のチョコレートを、わたくしに取られたから帰るっていうんじゃないでしょうね」

「そんなわけないだろう。仕事だ仕事。あと、秘蔵のチョコレートはお前にはまだやらん」

「まぁっ！　ケチ」

あるのか、秘蔵のチョコレート！　しかも「やらん」とは。何よそれ。

わたくしはそんなことを言いに来たんじゃないわ。しかもわたくしが言い返したら、サイラスが目に見えて嬉しそうだし！

わたくしは仕切りなおすべく、コホンとわざとらしく咳払《せきばら》いする。

「仕事って急ですわね」

「まぁな。お前がどこまで知っているか知らないが、イズーリ国は派遣軍があるからな。文字どおり傭兵《ようへい》だし、その指揮官を俺がしているってわけだ」

「どこかに行きますの？」

傭兵、という聞き慣れない言葉に、わたくしは眉をひそめる。

「ヴェバルーガ地方の国境だ。ベルシャ国の自治区と政府が、鉱山覇権《はけん》を争っているところだ」

それは国を一つ隔てたところにある、小競《こぜ》り合《あ》いの多い紛争地帯の名。

「少し予定が早まったが、まあそんなわけで俺の短い休暇が終わったってわけだ」

「……危ないところじゃないの」

思ったよりわたくしの声はかすれており、気がつかないうちに動揺しているらしい。

そんなわたくしに、サイラスは困ったように肩をすくめる。

「何度も経験してきたことだ。今回が初めてじゃない」

「王子のクセにどうしてそんなところへ行くのよ」

「王子だからだよ」

急に真剣な眼差しになり、まっすぐにわたくしを射抜く。

わたくしもぐっと口をつぐんで、その目を見返す。


どのくらいか分からないけど、ずいぶん長いことそうしていたような気がする。


「まぁ、心配するな。なんといっても王子だ。大きな怪我なんてしない。もしも大怪我したら、お前に秘蔵のチョコレートをやろう」

さっきまでとは打って変わり、いつものからかい口調になったサイラスに、わたくしは一瞬ポカンとしてしまう。

そして、少しでも心配してしまった自分が恥ずかしくなる。

「か、勘違いなさらないでっ！　誰が心配なんてするもんですか‼」

「今していたじゃないか？　なぁ？」

同意を求められたエージュは、にっこりと笑ってうなずく。

それを見てわたくしは、パッとサイラスから距離を置く。

「してないわよ！　それより怪我したら秘蔵のチョコレートをいただきますからね‼」

そのまま二人の顔を見ないようにして、あわてて部屋を出る。

わたくしが飛び出した後の部屋で、あの二人が何を言っていたかは知らない。

その後に顔を合わせた朝食の席でも、サイラスはいつもどおりの王子様スマイルで、心配する父と母を安心させるようなことを言っていた。

そして、そのまま、サイラス達は慌ただしくジロンド家を後にした。

◆◆◆

三週間後。

プリーモの月代わり新作チョコレートが届いた。本店と二号店の限定品。

「ティナリア、プリーモのチョコレートが手に入ったのだけど」

「えぇっ！」

「一緒にいただかない？」

「喜んでっ！」

ティナリアをお茶に誘い、本店のチョコレートを振る舞う。

感激して頬を薔薇色《ばらいろ》に染め、口の中に広がる余韻《よいん》をうっとりとして楽しむティナリアを見て、わたくしもピンク色の薔薇の形をしたチョコレートを手に取る。

「あの、お姉様。サイラス様からまだご連絡ありませんの？」

「さぁ。何の便りもないから、まだお仕事中なのでしょうね」

我関せず、と紅茶に口をつけていると、睨むようなティナリアの視線を感じる。

「なんです、ティナ。あなたが睨んでも、ちっとも怖くないわ」

「迫力の問題じゃありませんわっ！」

ぷんっと怒るティナリアもまた可愛らしい。戦慄《せんりつ》を覚えるのは、彼女の本棚に並ぶコレクションのみ。

「ねぇ、お姉様。もうすぐ三週間よ？　気にならないの？」

「気になったところでどうするの？　下手《へた》に連絡をとるより、お仕事に集中させておいたほうがいいこともあるのよ」

そう言ってティナリアを見れば、なぜか呆けていた。どうしたの？

「ティナ？」

「あ、はい。分かりました。何もしませんわっ！」

早口に返事をすると、ティナリアは打って変わってご機嫌な様子でチョコレートをつまみ出す。


……変な子。わたくし何か言ったかしら？


ふと庭を見ると奥の木々が、わずかに赤や黄色に色づいているのに気づく。

「もう秋がくるのね」

ポツリと漏らした言葉に、ティナリアも庭を見る。

「来週は、お姉様のお誕生日ね」

「あら、そうね」

貴族は誕生日などのイベントが大好きで、余裕がある家は大なり小なりパーティーを開いたりする。

が、なんせ悪名高いわたくしのパーティーなんて、出席者も限られるので開いていない。最後に盛大に開いてお祝いしたのは十二才の時。

それ以降は、家族で祝う程度のささやかなもので、ティナリアに言われるまで、わたくしもすっかり忘れていたわ。

夏の初めにレインとセイド様の結婚式があり、それから十日も経たないうちに現れた奇妙な求婚者。

いろんなことがあった騒がしい夏も、もう終わり。朝晩がすっかり過ごしやすくなった、今日この頃。あと五日でわたくしも二十才《はたち》になる。

そういえば、いろいろあって孤児院には行けてないわ。

そろそろ訪問するのもいいかもしれない。頻繁《ひんぱん》に出入りすると、どこで噂が広まるか分からないから、時々しか行くことができない。

胸元で静かに揺れる黄色いペンダントをつまみ、わたくしは自分の誕生日祝いに何を持って行こうかと考える。

大きなケーキは絶対必要。これはわたくしのためじゃなくて、子ども達のために用意するケーキ。きっと喜ぶわ。それ以外にも沢山の焼き菓子が必要ね。なんせ日持ちするから、後日ゆっくり食べられる。

それから食べ盛りが多いし、小さい子でも食べられる柔らかいパンとパスタとパイ包みの料理もいいわ。冷たいものは溶けてしまうから、でもスープはほしいわ。あっちで温められるし、あっさり味とこってり味の二つはほしい。それから……。

そんな幸せなことを考えていると、ティナリアが可愛らしくポンと手を打つ。

「そうだわ。リンディ様が先日発表された、新作のキャラクターの絵がありますの。お姉様もご覧になって！」

まぁ、それってサイラスをモデルにしたものね。

さすがリンディ様、お仕事が早いですわと感心して、紹介されている薄い雑誌を受け取って目を通す。

「…………」

サイラスをモデルとしたはずのキャラクターは、青い目に長い金髪で線が細い麗人《れいじん》のような姿で鞭《むち》を構えていた。しかも主人公を責めたてる鬼畜な性格で、主人公以外にも傅《かしず》かせるキャラクター数人がいる（もちろん男子）という設定。しかもなぜか黒い眼帯。当然服も黒い。

しかも作者からのコメント欄には『お友達のお姉様と、とある高貴な方のおかげで、わたくしの本の中でもトップクラスのS属性の鬼畜キャラが誕生しました。応援してください！』と書かれている。

え？　いつの間にサイラスとわたくしの合作キャラクターの話になってるんですの？

モデルにするのはサイラスだけでいいのにっ‼

「ねぇ、すてきでしょ、お姉様。お友達ってわたくしのことよね⁉」

きゃっきゃと無邪気に喜ぶティナリアには、わたくしの脱力感なんて伝わらない。

しばらく頭を抱えていると、どこかで乱暴に扉が開く音がした。

「「……………！」」

わたくしとティナリアは、普段この家の中では聞き慣れない騒々しい人の声に気がついて顔を上げる。

ひときわ大きくざわめく声がして、メイド達が「奥様！」と叫ぶ声がする。

「何でしょう？」

突然騒がしくなったことに、ティナリアが不安げにドアを見つめる。

「悪いけど、様子を見てきてくれる？」

側に控えていたアンに言えば、サッと頭を下げ出て行く。

そうしてすぐに戻ってきたアンだったが、なぜか顔色の悪いお父様も一緒にやってきた。

「どうなさったの？　お父様。お母様に何かあったのですか？」

わたくし達がゆっくり立ち上がると、お父様は黙って近づいてくる。

そしてガシッと、わたくしの肩を両手で掴む。

「落ち着いて聞くんだぞ、シャーリー」

「はい」

「…………」

なぜか父は無言でわたくしを睨む。

これは大変なことがあって、自分の心を落ち着けようとしている時の父のクセ。

「……お父様こそ、落ち着いていらっしゃらないのではないですか？」

「そ、そうか⁉」

「何があったのですか？」

「………」

確信を持って聞くも、やはり父は言い出さない。

わたしは父をじっと見たまま「アン」と呼ぶ。

「お母様は？」

「めまいを起こされ、お休みになっておいでです」

「え⁉」

ぎょっとして父の肩越しにアンを見る。

ティナリアも「まぁっ」と口を両手で覆う。

「何があったのですか？　お父様」

とっととおっしゃいませ、とせかすように睨みつけると、父はようやくもごもごと口を動かす。

「……怪我をされたと連絡があった」

「誰がですか？」

「サイラス様だ。任務の最中に大怪我をなさったという話だ」

絞り出すかのような父の声に、その大怪我というものが相当なものではないかと予想される。

「……そうですか」

淡々としたわたくしの声色《こわいろ》に、父はおろかティナリアも目を見開いた。

「あれだけ怪我がないように、と言いましたのに。まぁ、指揮官でも怪我はするものだということですわね。あと、約束どおり、秘蔵のチョコレートを頂かないと」

「シャーリー、お前何をのんきなことを！」

「お父様こそそんなに動揺してどうしますの？　サイラスの仕事については、お父様もご存知だったではないですか」

わたくしはちらっとティナリアを見たが、やはり動揺しているので放っておくことにする。

父に目線を戻すと、わたくしの肩から手が離れ、顔色もいくぶん元に戻っていた。

「で？　その怪我というのは本当ですの？　また手の込んだイタズラではありませんか？」

すっかり疑い深くなってしまったわたくしに、父は弱々しく小さく首を振った。

「真実だ。さっそくだが友好国とご学友という間柄ということで、皇太子様が補佐のセイドリック殿と、少人数でイズーリへお忍びでお見舞いへ行かれる。ジェイコットも護衛で向かうことが決定した」

「ずいぶん情報が早いですね。それになぜ我が家にまで知らせが来るのですか」

「お前がいくら否定していても、お前はサイラス様が求婚している相手だ。我が国としても無関係ではない、と認識されているからに決まっているだろう」

呆れるように父がため息をつく。

そういう理由なら、とりあえず知らせはしとかないとね、ということだろう。いちおう関係者として我が家は認識されているらしい。

ライアン様までお見舞いに行かれるというのなら、大怪我というのも相当なものかもしれない。

ならば、知らされたからと言ってわたくしはどうしたらいいのかしら。

教会に通ってお祈りをする？　イズーリに向かっても、そんな大怪我をした王子に会える保証はない。ここは、間違いなく手紙を書いて、ライアン様一行に託すのが一番いいだろう。

「そうですか。ではお見舞いのお手紙ですわね。急いで書きますわ」

「お前も同行するんだ」

何を言っているんだ、と言わんばかりに父から言われて、たっぷり数十秒間があく。

「はい？」

こんな真顔で固まって声だけマヌケなのって、けっこう笑えるのかもしれない。でもこの場で笑うような猛者《もさ》はいない。

父は平静を取り戻し、キリッとした顔で言う。

「陛下よりお達しが来た。拒否は許されない。お前は婚約者候補として同行するんだ。お前の話し相手として、ハートミル侯爵家のレイン夫人もご同行される」

「ちょっと待って、お父様！　婚約者候補ってどういうこと⁉」

「イズーリでもお前がそう認識されているということだ。とにかく今夜出発するそうだ。さっさと準備しなさい。王城から迎えが来てしまうぞ！」

「まぁっ！　それは大変ですわっ！」

父の後ろで控えていたアンが、急にいきいきと動き出す。

「さぁ、お嬢様お部屋へ！」

サッとわたくしの背後に回り込むと、ぐいぐい背中を押してわたくしを連れ出す。

「お父様。わたくしも少し出てまいりますわっ！」

後ろからなぜかあわてたようなティナリアの声がしたが、そんなの気にすることもできないまま、部屋へと連れて行かれる。


部屋にはすでにメイドが二人いて、アンと一緒に荷造りに取り掛かる。

「レインまで行かせるなんて」

ポツリと呟いた言葉は誰も気づかない。

ライアン様はわたくしの性格をご存知だから、わたくしが一人でも全然退屈しない女だってことは知っている。おそらくわたくしの話し相手に、という口実はセイド様の入れ知恵だろう。そこまでして一緒にいたいのか、あの新婚残念男っ！

さて。行くとあらば何があるか分からないから、こちらも準備していかないといけない。

「あ、そうだ。アン、あの靴持って行くから」

言えば、アンはこくりとうなずいて、あの重い凶器の靴を取り出す。

イズーリの第三王子としてのサイラスの顔を知らないので、正直どういう周囲に囲まれているのかすら分からない。あの腹黒全開でいるわけではないのは確かだし、かといってあのキラキラスマイルオーラ全開でいるのだろうか。——後者だとしたら、厄介《やっかい》な女の影がぷんぷんする。

自然と眉間に皺が寄る。

ああ、でも今はそんなこと考えている時じゃないわ。

ふるふると頭を振って、父の言葉をじっくりと思い出す。

父が血相を変えていたのを見て、わたくしも実は心底驚いていたわ。

聞いた時は、これでも呼吸を忘れるほどだったのよ。

でも聞いて倒れる女をサイラスは必要としていないだろうし、わたくしが倒れるなんて聞いた日には、一生笑いのネタにされるでしょうね。

わたくしが動揺すればティナリアもあれ以上の衝撃を受けるだろうし、それこそ母と同じで倒れたかもしれない。父もわたくしを少なからず心配する。

あの場で動揺したって倒れたってサイラスが回復するわけではないのなら、わたくしは平然と事実を受け止めるだけだわ。冷静な判断を持って、すぐさまお見舞いの手紙を書くつもりだったもの。

でもまさか、同行させてもらえるとは……。

婚約者候補ということで呼ばれているのなら。少なくともイズーリでの候補達もサイラスのお見舞いに訪れているはず。


…………。

……いろんな覚悟をしておいたほうがよさそうね。


はぁっと大きなため息が出る。

最近、ちょっとその手の世界から離れていたので大丈夫かしら。まぁ、嫌味合戦ならどうにかなりそうだし、実力行使も多勢でなければいけるでしょう。あの靴もあるし。

次々と膨らんでいく大型のトランクが六つを超えた頃、さすがにあれもこれもと持って行き過ぎだわとアン達を止める。足りない時はむこうでそろえるからいいわ、と言えばようやく彼女達の手が止まった。

「お姉様っ！」


部屋の片付けがそろそろ終わる頃、息を弾ませてティナリアがやってきた。

「これ、わたくしとリンディ様から」

そっと差し出されたのは、三十センチはあろうかという細めの長方形の箱。黄色と赤のリボンが花のように結ばれている。

「まぁ、これは何？」

本ではなさそうだが、この二人からだと不安は残る。

「きっと役立つと思うの。だってあっちには悪い女の人がいるかもしれないし」

「大げさね。悪い女なんてその辺にごろごろいるわ。わたくしもそう言われているのよ」

ふふっと笑えば、ティナリアはぷぅっと頬を膨《ふく》らませた。

「お姉様は悪い人じゃないわ。みんな見る目がないんだから！」

「いいのよ。見る目がないほうが静かでいいわ」

サイラスみたいなのが何人もいたんじゃ、心身消耗で寿命が減るわ。あ、サイラスが見る目があるって意味じゃないの。とりあえず、あんな人は一人でたくさんです。

箱を開けようと思ったのだが、ふと窓を見れば薄暗くなっていた。

「時間がないみたい。あとで開けてもいいかしら？」

「ええ、そうして！」

にっこり微笑んだティナリアに、わたくしは何で不安を覚えたのだろうと、疑った自分を反省した。

◆◆◆

ライアン様が手配したという迎えの馬車に乗り、小一時間ほど駆け足の馬車に揺られ王城へとたどり着く。

わたくしは陛下に謁見《えっけん》することもなく、とある客室へと通される。

絢爛豪華《けんらんごうか》な客室にはすでにレインがおり、わたくしを見るとぱぁっと顔を輝かせる。

「シャーリー！」

「まぁ、レイン、大きな声を出してはダメよ」

そっとたしなめると、レインは控えている数名のメイドをチラッと見て「ごめんなさい」と小さく口元を押さえる。

白い豪華な長椅子にゆったりと座ると、目の前のテーブルにメイドがお茶を置いて行く。

「セイド様は？」

「皇太子様と陛下に謁見されてるわ」

「あなたも急なことで大変だったんじゃない？」

「そうね。自分だけじゃなく、セイド様のご準備も任されて大変だったわ。今でも忘れ物がないか不安だもの」

「ふふっ、大丈夫よ」

心配性《しょう》なレインをやんわりと慰めていると、客室の両開きの扉がノックされる。

ガチャリと両側に控えたメイド達が同じタイミングで開くと、金髪の正統派優しい王子様代表のライアン様と、やはり金髪に青い目の凛々《りり》しい貴公子代表セイド様が入ってきた。

だが、この二人の中身が残念なくらいの「妻命！」で、しょっちゅう妻のことで悩み悶《もだ》えている。

ほら、今だってライアン様はセイド様を睨みつつ「リシャーヌが妊娠してなかったら一緒に行けたのに。でも子どもは嬉しいし……あぁっ！」と小さく嘆いている。その横でセイド様はレインだけを一直線に見つめている。

……もう、勝手にしてて。あなた達サイラスのお見舞い本気で行く気あるの⁉

やや怒鳴りたくなったのは許してほしい。

ここが王城でなかったら、絶対怒鳴っていたわ。

怒鳴れない代わりに、わたくしは冷たく言い放つ。

「旅行に行くんじゃありませんのよ」

冷ややかに見つめるわたくしの前で、ライアン様とセイド様はピタッと固まる。

二人は、そろぉっと慎重にわたくしの様子をうかがうように、ゆっくりとこちらを向く。

そんな二人を余裕の笑みで迎え、目を細める。

「朝を待たずに出立《しゅったつ》するなんてよほどのことでしょう？　わたくしなんてお手紙も、お見舞いの品も用意できないまま来ましたの。……とっても心配ですわよねぇえ？」

どうだ、とばかりに固まった二人を見れば、サッとライアン様が顔色を変えて動き出す。

「そ、そうだ。手紙に詳しくは書かれていなかったが、シャナリーゼ嬢を必ずイズーリへ向かわせるようにと、イズーリ王妃の署名があったのだ」

焦りながら、サラッと何か物騒なことを言い出すライアン様。

え？　イズーリ王妃様って――もしかしなくても、サイラスのお母様⁉

驚きに一瞬目を見張るわたくしに気がつくでもなく、ライアン様はしゃべり続ける。

「サイラスは任務終了間際に事故に巻き込まれたらしい。本来なら回避していたはずだったが、どうにも動きの悪い部隊がいて、その指揮を直接とるため戻った際に巻き込まれたとあった」

「まぁ、そんな……」

レインが痛ましげにわたくしを見る。

先ほどは一瞬驚いたものの、鍛えあげた表情筋《ひょうじょうきん》は無表情を作り出す。

「その部隊に死者は出ましたの？」

「ない、と聞いたが。怪我人はいるようだ」

「なら安心しましたわ」

は？　とライアン様がおかしな顔をする。

セイド様も意味が分からない、といった顔をしている。

あら、どうしたのかしら？

「サイラスがわざわざ指揮をとりに戻ったのでしょう？　自分が怪我してまで指揮をとったのに、

おめおめ死者なんて出していたら、彼にとっては『骨折り損のくたびれもうけ』ですわ」

「……シャナリーゼ嬢、どこまで君は強いんだ」

なぜか痛ましげにわたくしを見るライアン様。

まさかわたくしの強がりとでも思っていますの？

「勘違いですわ、ライアン様。もしわたくしがサイラスなら、と思っただけですわ。まぁ、無事に回復した暁《あかつき》には、その部隊を徹底的に使い物になるように仕込みますけどね。ふふふっ」

にたりと楽しげに口角が上がったわたくしを見て、レインはクスクスと笑う。

「もう、冗談が好きね、シャーリー」

「ふふふ。冗談、ねぇ」

表面上は笑いに付き合うけど、わたくし本気よ、レイン。

本気だ、と気がついたライアン様達が、ごくんと生唾《なまつば》を飲み込んだのは見なかったことにするわ。

「さぁ、その部隊をしば……いえ、サイラスのお見舞いに参りましょう」

つい出た本音を打ち消して、わたくしはにっこりと微笑んだ。

◆十八　イズーリ国王室の洗礼

二十四日夜に出発した馬車は三台。護衛が十人ほど騎乗して同行する。

順調に行けば明後日の昼にはイズーリの王都へ着くとライアン様は言っていた。


だが、実際に着いたのは二十七日の昼過ぎだった。


普通なら二日でイズーリの王都に着く。

二百年ほど前まで、ライルラド王都は国の中心にあった。だが国内で反乱が起きて、教会本部があった第二の都市である、現在の王都へと王族は逃れた。

その後反乱は制圧されたものの、当時の王はかつての王都へ戻らず、その代わり教会がかつての王都へ「救済」の名のもとに移り、都市の立て直しをしたらしい。もちろん、王族はその後押しをして、かつての王都は立ち直ったのだが、王族が戻ることはなかったという。

と、いうわけでライルラド王都とイズーリ王都は、わりと近い距離にある。

だが、急いでいたにもかかわらず、三日もかかってしまった。


「ご、ごめんなさい」

何度も聞いた弱々しいレインの謝罪。

「大丈夫だ、ちゃんと着いた」

必死に慰めるセイド様。

それを見守るライアン様とわたくし。


予定が一日遅れた理由は、言いたくないがレインの体調不良だった。

わずかな休憩と馬を途中で替えて移動するという強硬手段で向かったわたくし達だったが、もともと長距離の移動が苦手だったレインには過酷すぎたみたい。

馬車の中で好きに寝れるとはいえ、たえず揺れ動く馬車では眠れず、とうとう酔ってしまったレインを置いていくわけにもいかない。

仕方なく護衛の一人を先にイズーリへ向かわせ、一日の予定変更を申し入れた。

あ、わたくし?

ほほほ、しっかり寝ていましたわ。

話し相手として同行したレインだったが、まさかのダウン。男女で分かれて乗っていた馬車だったが、レインが倒れてからはライアン様一人と、セイド様とレインとわたくしが一緒という形になってしまった。

休憩のたびにライアン様は必死にしゃべっていた。

セイド様はレインの看病で忙しいので、護衛の騎士とか、わたくしとか、わたくしとか、わたくしに……。

何度か無視して遠くを見ていたが、変わらずしゃべり続けるライアン様を見て、わたくしはリシャーヌ様も実は大変かもしれないと思った。

さて、初めてやってきたイズーリ国は、最初はどこにでもある、のどかな農園風景が続いていた。だが、夜が明けて町というものを見た時、町を覆うような高さの壁がぐるっとまわりを囲っていたのを見て驚いた。

そのまま町をとおり過ぎて王都・アマスティへ向かったのだが、ここも遠目から見て違和感が絶大だった。

緑の農耕地の中に佇《たたず》む灰色の岩、と思ったのがアマスティを取り囲む外壁。

しかもこちらは三重構造。

外壁のあちこちには大砲の収納が可能な穴があり、今は緊急時ではないので閉じているのだ、とセイド様から聞いて「はぁ」と生返事《なまへんじ》を返す。

分厚い壁を二つ潜《くぐ》り、大正門と言われる内門を潜りようやく広がった町並みは大勢の人々が行き交う、活気ある商業区が広がっていた。

大正門から白い道幅の広い道はアマスティの中心にある王城へ繋《つな》がっているそうで、こうした道幅の広い王城へ繋がる道は三本あるらしい。

そうして見えてきた王城は、更に白い城壁に囲まれていた。

そして全体的に平べったい。

数階しかないような高さしかなく、広く大きな半円状の屋根が覆っており、それを背の高い塔が五本囲むようにそびえていた。華美な外見よりも機能性を重視しているといわれる話を聞いて、そのまま納得とうなずく。

そんな王城の正門をくぐって、馬車を止め下りたエントランスで冒頭の夫婦はお互いを慰めあっている。

もちろん非公式とはいえ、ある程度のお迎えがズラリと両側に並んでいますわ。


あの、そろそろ立ちません？

で、そろそろ周りに気づきましょうよ。


少し二人から離れた位置でわたくしが冷たく視線を送ると、びくっとセイド様が小さく震えてこっちを見る。

「あっ」

マヌケな声が出たのは聞かなかったことにします。さっさとお立ちください。

周りに人がなければ、顎でくいっと指図していたかもしれませんわ。

もしくはあの靴に履き替えて足蹴《あしげ》にしてやります。

ようやく立ち上がった二人を引き連れ、ライアン様を先頭にわたくしが続き、セイド様とレイン、そして護衛から隊長ともう一人が選ばれ入城する。

どうぞこちらへ、と急いで通された部屋で、それぞれ着替えて髪を結いなおす。

まだ少し顔色の悪いレインはいつもより明るいチークで誤魔化《ごまか》し、わたくしはなぜかサイズぴったりに用意されていたドレスを押し付けられ、さらに髪に飾りをつけようとするメイドをどうにか断って立ち上がる。

青紫のドレスはシンプルながら、光の当たり具合で黒く見える不思議な色合い。

この国でサイズを測らず作れると言ったら、あのマダムの店しかない。サイラスは怪我をしたと聞いたが、指示を出せるくらいなのだろうか。

少しだけホッとして部屋を出ると、ライアン様達の部屋へと案内され、そこからわたくし達は謁見の間へと案内された。

大きな円形状の部屋が謁見の間だった。

毛足の長い赤い絨毯《じゅうたん》が敷かれ、奥の数段高い位置には国王陛下と王妃様が座っており、その横に若い男性の姿が見える。

天井から壁伝いに大きなタペストリーが飾られ、その前に座る国王陛下から声がかかる。

「どうか楽に」

国王陛下の言葉に、ライアン様を始めとするわたくし達はゆっくりと顔を上げる。

あらまぁ、というのがわたくしの感想。

青い目に黒髪で、鍛えているのだろうがっしりとした体型で、キリッとした眉と口ひげの似合う国王陛下。

黒い目に亜麻色《あまいろ》の髪を真珠のネットで覆い、慈愛のある微笑を絶やさない美しい王妃様。

国王陛下によく似た顔立ちで、長い黒髪を緩く束ね黒い瞳の上背のある優しい騎士のような王子。

――彼らにあの凶悪な目つきは見当たらない。

なるほど、これが前にサイラスが言っていた『疎外感』か。

わずかに視線をそらしたまま、ライアン様の挨拶を黙って聞く。

やがて自己紹介が始まる。王妃の横にいるのは、長兄で皇太子のマディウス様らしい。

「遠路来ていただいてありがとう。さっそくサイラスの部屋へ案内させるわね」

悲しげに言った王妃様だったが、なぜかハンカチで目元を拭きながら値踏みされるように見られているような気がする。

その視線がどうもわたくしをとらえている気がして、あぁ、と気がつく。


……ごめんなさい、王妃様。

こんな凶悪な目つきの娘に末息子が求婚しているなんて、本当は卒倒しそうなくらいなのでしょうね。大丈夫ですよ。息子だけでも凶悪な目つきなんですから、孫まで凶悪な目つきが遺伝しそうな妻なんて絶対反対ですよね。がんばって反対なさってください。応援しております。


おそれいります、と頭を下げつつ、心の中でしっかり王妃様を応援しておく。

いくら議会がサイラスの自由に結婚相手を決めていいと言っていても、王妃様があの様子じゃかなり無理がありそうね。

ふふっと笑みがこぼれそうなのを、一生懸命堪える。

早々に終わった国王陛下との謁見。

サイラスが養生している部屋へは、マディウス皇太子様自ら案内してくださるらしい。

無言で進む五人と、謁見の間からイズーリの近衛兵《このえへい》三人が増え十人で歩く。

ふと丸い窓から外を見た時、わたくしは違和感を覚えて立ち止まる。

「どうした、ジロンド嬢」

立ち止まったわたくしに気づき、ライアン様が振り向く。

「あ、いえ、なんでもありませんわ」

と、言いつつ、わたくしは外から目が離せない。

何かしら、とわたくしが違和感を必死で探そうとしていると、軽やかな声が前からかけられる。

「どうやらお気づきになったようだ。初めて来た女性が気づくなんて」

そうマディウス皇太子様に言われ、わたくしはようやく気がつく。

視線を外からマディウス皇太子様へ向ける。

「階が上がりましたのね」

マディウス皇太子様の微笑が深くなり、どうやら正解ということらしい。

「え？　え？」

レインは何がなんだか分かっていない。

ライアン様とセイド様も黙っているから、たぶん彼らはこの仕組みについて知っているのだろう。

階段は使わなかったが、おそらくこの廊下はほんの少しずつ傾斜しているのだ。だから歩いているといつの間にか上や下の階になっている。謁見の間に入る前には階段もあったが、あの階段が今いるこの階に繋がっているかは不明。

「足を止めてしまい申し訳ありません」

「いえいえ、止める価値は十分にありましたよ」

マディウス皇太子様の言葉がどういう意味か、わたくしはこの時よく分かっていなかった。

やがてたどり着いた部屋には、警護の騎士が両開きの扉の前に立っていた。

彼らはマディウス皇太子様の姿を確認すると、サッと足を広げた姿勢からピッと背筋を伸ばして敬礼した。

「変わりはないか？」

「はっ、ございません！」

マディウス皇太子様はそれを聞いて、ゆっくりとわたくし達を振り返る。

「まだ目覚めていないようだ。準備はいいかな」

それは覚悟はいいかと聞かれたようで、わたくしもレインも小さく頭を下げる。

マディウス皇太子様がうなずくと、左に立っていた騎士がドアをノックした。

すぐにガチャリとドアが両開きに開かれた。

そしてわたくしは謁見の間にいた時以上に、表情筋をこわばらせる。

明るい室内はお見舞いであろう、様々な花達に彩られていた。もう、壁にそってズラリと並べられている。

残念だが、サイラスにはまったくもって似合わない部屋。

そろそろと歩みを進め、奥に見える大きな白い寝台に進む。

パタン、と小さな音を立てメイド二人が内側からドアを閉める。そして彼女らはそのまま静かにその場で待機する。

「サイラス」

と、ライアン様が沈痛な面持ちで呟く。

セイド様も眉間に皺を寄せている。

レインはそっとセイド様の後ろに移動して、胸の前で手を握り締める。どうやら、ピクリとも反応しないサイラスが怖かったみたい。

わたくしも覚悟を決めて、寝台のすぐ近くまで歩み寄った。

サイラスは胸まで白い掛け布をされていたが、顔の右半分を覆った分厚いガーゼに、頭はほとんど覆い隠すように包帯が巻かれている。よく見れば首にも赤い傷があるが、これは軽そう。

「完全に意識がなかったのは二日。今は時折目が覚めるようだが、それも短い。怪我はご覧のとおりだが、頭部は右側頭部を六針縫っている。右手は骨折、全身打撲といったところだ」

淡々と説明したマディウス皇太子様に、ライアン様が痛ましいと呟きつつ目線を上げる。

「何が起こったかお聞きしても?」

「撤退途中で愚鈍な隊があったので直接指示に戻ったところ、なんとも運が悪いことに落石事故にあったということだ。もともと長雨で地盤がゆるんでいたことが原因らしい」

言葉もなく、ただ時折「うっ」と小さく呻《うめ》くサイラス。

「お苦しそう……」

蚊《か》の鳴くような小さなレインの呟きに、わたくしはとうとう我慢できずに呟く。

「……耐えられないわ」

思ったよりわたくしの声は響いてしまう。

ハッとして周りの様子を見れば、なんだかよく分からないが、さっき廊下のからくりを呟いた時と同じ、好奇の目でマディウス皇太子様がわたくしを見ている。

その目線を避けるようにサイラスを見たのだけど、やっぱり見逃してくれない。

「思ったより重傷で驚いただろう。やはりご令嬢にはショックだったようだね」

「いいえ、思ったより顔がきれいで驚きましたわ」

こんな時に、とセイド様が視線でわたくしを非難してくる。

マディウス皇太子様も少し目を細める。

「言いたいことがあるならかまわないよ」

「まぁ、ありがとうございます」

それは心からの言葉。

わたくしはすぅっと浅く息を吸うと、ちらりと小さな窓を見た。

「窓を開けてよろしいでしょうか」

「なぜ?」

マディウス皇太子様の好奇の目がますます強くなるが、かまわずわたくしはそっと鼻の前に手を添え盛大に顔をしかめる。

「臭いですわ、この部屋。吐きそうです」

「「「…………」」」

これにはレインはもとより、男三人にメイド二人も固まった。

「まったく何ですこの匂い。花を置けばいいってもんではありませんわ。お見舞いだか拷問《ごうもん》だか分かりかねます。ほら、サイラスサマも痛みというより、この匂いでうなされているんじゃありませんの？　わたくしでしたら、目覚めてもすぐ具合が悪くなってしまいますわ」

周りが黙っているので、わたくしは壁一面、そして寝台近くまでわさわさと生い茂るように置かれている花達を見渡してうんざりする。

「お見舞いに花はともかく、なんだってこんな香りの強いものばかり贈られたのでしょうか。外見だけ立派なものを選んで、相手を考えてませんのね」

よく見れば寝台近くの花はどれもこれも大きく見た目が派手なものばかりで、同時にその香りも強いものが並んでいる。対して入り口辺りには小さな可憐な花や、匂いの少ない花が置かれている。

「臭い、か。香水に比べればマシだと思うがね」

なぜか食ってかかるように言ってきたマディウス皇太子様に、わたくしはおもわずふふっと笑みを浮かべる。

「まったくですわ。香水を嗅ぎなれた殿方達にはこの匂いはマシでしょうが、生憎《あいにく》と出不精《でぶしょう》なわたくしめには拷問です」

遠回しに「無駄にモテて鼻のイカレた男には分からないでしょうね」と嫌味を返す。

どーだ、と見上げた先にいたマディウス皇太子様は、じぃっとわたくしを観察した後、おもむろに口を手で覆う。

そして次の瞬間、不安げにわたくしとマディウス皇太子様を交互に見ていたライアン様とセイド様は、びくりと肩を震わせる。

「プハッ！　アハハハッ‼」

右手で口を、左手は腹部を押さえ、マディウス皇太子様は身をよじって笑い出す。

「お、お前達、く、臭いらしいぞ。早く窓を、アハハハ！」

どもりながらもメイドに指示を出し、若干涙の滲《にじ》んだ目でわたくしを見る。

「花はどうする、シャナリーゼ嬢。捨てるか？」

「もったいないですわ。必要最低限だけ残してあとは……そうですわね、わたくしなら贈った本人が見えないところにでも飾りますわ。例えば使用人に下げ渡します」

「よし、そうしよう！」

まだ笑いながらも、近くの花籠を足で小突《こづ》く。

「こいつは侯爵からの贈り物だが、当人は食えない狸《たぬき》だ。サイラスもあまり好きじゃないし、こうして贈ってきたのだって上っ面だけだ」

「そんなもの側に置いたらよけい具合が悪くなります。さっさとどかしてください」

「こっちの花は親身に心配している軍関係者の侯爵からだ」

「匂いのきつい花だけ抜いておけばよろしいかと」

「こっちは……誰だ？　おい、リスト持って来い」

メイドの一人があわてて部屋を出て行く。

ようやく笑いが収まったマディウス皇太子様は、じっくりとわたくしを見る。

「遠慮のない令嬢だ。呼んでよかった」

あなたが呼んだんですか⁉

喉まで出かかった言葉を寸前で飲み込み、ひきつる笑みを浮かべてやり過ごす。

嫌だわ。何か嫌な予感しかしない！


やがてエージュが、メイドとともにやってくる。

「リストは持ってきたな。ではお茶にしよう。あぁ、シャナリーゼ嬢、後は頼んだ」

「「は？」」

と、声を出したのはライアン様とセイド様。わたくしはなんとか声を飲み込む。

「マディウス皇太子様？　それはどういう……」

「それはな、言い出したのがシャナリーゼ嬢だからだ。それに彼女はサイラスの婚約者候補なのだから、そのくらいしてもいいだろう？　ライアン殿」

さも当然と胸を張るマディウス皇太子様に、ライアン様は何も言えず、わたくしは失礼ながら冷たい視線を送る。

でもマディウス皇太子様には全然効かず、そして「嫌です」と態度に出しているにもかかわらず、気づかないふりをしてお茶に行こうとする。

とまどうレインの背中を片手でそっと押しながら、セイド様が小さく言った。

「すまない。だがあの方の機嫌があそこまでいいのは珍しいことだ。分かってくれ」

「……こっちは最悪です」

諦めに近いため息で四人を見送り、残った人物へ視線を送る。

いつもどおり澄ました顔のエージュを見れば、その手には贈り物リストであろうファイルが握られている。

「先ほどマディウス様より花の選定を仰《おお》せつかりましたが、お間違いありませんか？」

「不本意ながらね。この臭い部屋を正常な部屋に戻します」

「かしこまりました」

こうしてエージュの持ってきたリストを見て、下げ渡していい花達をどんどん選ぶ。

そして残った花をさらに選別し、匂いの強い花を抜いたり本数を減らしたりして飾りなおす。

「この方は元将軍の地位にありまして、本来なら当主となるべきだったのですが軍に残ることを決意し、弟様に家督《かとく》をお譲りなされました。今は参謀となっておられます」

「……詳しい話はよくってよ」

「いえいえ、どうせなら背後関係をご存知のほうが覚えやすいものです。あ、先ほどのうさんくさいとサイラス様が警戒されている文官の上司がこの……」

「勘違いしないでって言ってるの！　わたくしはイズーリの貴族関係や力関係なんか覚える気はないのよ‼」

この男こんなにおしゃべりだったかしら、と疑問がわくほど口が動くエージュに、ため息をつきつつわたくしは手を動かす。

「あ、それ王弟《おうてい》殿下からのお花です」

「……早く言ってちょうだい」

抜いた花を元に戻し、わたくしはニコニコと見守るようなエージュを恨《うら》めしげに睨む。

「何を言いたいの」

「いえいえ、何も」

「早く言わないと、そこで寝てる怪我人の傷に塩かけるわよ」

一瞬エージュのニコニコが固まったが、すぐさま元に戻る。

「お見舞いに来ていただけて感謝しております」

「ふんっ、断る余地なんてなかっただけよ。サイラスが起きたら帰るわ」

明後日《あさって》誕生日なのに、何が悲しくて他国で一人過ごさなくてはならないのよ。

まぁ、一人というのは間違いだが、しかしレインもわたくしの誕生日は知らないだろう。もちろんライアン様も。いつもは家族でひっそり、でも温かく祝ってもらっていたのに！

黙々と作業をするわたくしを見て、エージュがそうだ、と漏らす。

「ご提案です、シャナリーゼ様」

「くだらなかったら花を頭に挿《さ》すわよ」

「明日お時間があるとお聞きしましたので、プリーモへご案内します」

ぴたり、とわたくしの手が止まった。

「……いいの？」

「はい。勝手にご案内するとサイラス様に怒られますでしょうが、まぁ寝ておられますし、シャナリーゼ様が退屈なさるよりは良いかと」

「それは嬉しいわ」

あのチョコレートの味を思い出し、わたくしは思わず口元が緩む。

「……そうだわ。サイラスが目を覚ましそうなことを思いついたわ」

「おや、どのような？」

「あなたも手伝ってね」

「かしこまりました」

すんなり了承したエージュに何の疑問も抱かず、わたくしは思いついた作戦を頭の中で具体的に膨らませる。


夕方、ようやく選定を終え大量の花を部屋から運び出した頃、タイミングを見計らったようにマディウス皇太子様達が戻ってきた。

「やぁ、すっかりすっからかんになったな！」

まだ部屋には残り香があるが、それは気にしないでおこう。

ささっと近づいてきたレインが、そっと話しかけてきた。

「贈り物リストを使ってのお勉強だったんですってね。大変だったでしょう？」

それを聞いて、わたくしはライアン様と談笑するマディウス皇太子様を睨んだ。

……食えない方ですこと！

そして作業中に無駄口をたたき一役買ったと思われるエージュも睨むが、彼はわたくしの視線を受けてもニコニコしている。

勘違いしないでね。先ほどの話ならプリーモに行く話以外、ぜーんぶきれいに忘れてさしあげますわっ‼

◆十九　激甘党王子はこうして目覚める

その夜、ライアン様はイズーリ国王陛下主催の晩餐に招待された。

え、わたくし？

ほほほ、招待されるわけありませんわ。

王妃様には末息子を誑《たぶら》かす悪女と思われているでしょうし、マディウス皇太子様には食えない女、良くて油断のならない女と思われているでしょうから。

来賓用の食堂に現れたわたくしを見て、先に夫婦揃って席に座っていたレインが目を丸くする。

「まぁ、シャーリーどうしたの？」

「夕食をいただきに来たのだけど？」

「ライアン様とご一緒ではないの？」

「いいえ」

何を言っているの、とわたくしはレインの横に座る。

レインは対面に座るセイド様に視線を送っていたが、セイド様はそんな彼女を安心させるかのように優しく微笑む。

「お邪魔だったかしら」

「いいや。レインが勝手に決め付けていただけだ。俺も君と少し話がしたかったから、ちょうどいい」

「お手柔らかにお願いしますわ」

最近何もしてないから心当たりはないけど、と思いつつ供された食前酒に口をつける。

前菜は生ハムとシャキシャキした野菜の細切りサラダに、少し酸味のあるドレッシングをかけたものと、一口サイズのパイ生地の上に濃厚なチーズをのせたもの、プチプチした食感の何かの黄色い卵をのせたもの、甘酸っぱいピンク色のムースをのせたものが出てきた。

「不思議だわ。このムースは何かしら？」

レインの言葉に、控えていた給仕の青年が軽く頭を下げ答える。

「こちらはボルボアというベリーのムースです。酸味がありますが、ムースにしますと食べやすくなります。また、お肌に良いと言われ、お菓子に使用されることも多いものです」

次に出てきたスープはあっさりした黄金色のスープで、魚料理は馴染《なじ》みのあるムニエルのようなもの。ちなみにパンが出てきた時に、バターの他にクリーム状のチーズが出てきて驚いた。

「酪農の盛んな地域がございまして、そちらからの献上品です。固形のものと違い管理が難しく、日持ちもしませんので、まだまだ広く一般的には流通はしておりません」

「口当たりがいいわ。チーズ独特の臭みも少ないのね」

濃厚な塩の効いたバターもおいしかったが、わたくしはこっちが好きかも。

遠慮なく塗って食べると、あっという間にパンを二つ食べてしまう。でもレインも手が止まらないと、同じように食べていたのでいいだろう。

さすが異国、食材も面白いわとレインと盛り上がっていると、セイド様が珍しく割り込んでくる。

「そうそう、これから肉料理が出てくるが、どうか二人とも驚かないでほしい」

驚くなと忠告しているが、その顔は驚いてくれといわんばかりに、ニンマリと笑っている。

「まぁ、どんなお料理かしら」

レインが嬉しそうに微笑む。

「あぁ、きたようだ」

セイド様が料理を運ぶドアへ視線を移したので、レインも期待の眼差しを向け、わたくしも黙ってそのドアへ視線を向ける。

運ばれて来たのは、ワゴンの上にのせられた鶏の丸焼き。

美味しそうな湯気とソース。色とりどりの野菜に囲まれているが、頭がないだけの形そのままの、文字どおりの丸焼き。

ライルラド国では平民の祭りでは見られるが、貴族階級以上ではまず見ない。

「ひっ」

おもわず小さな悲鳴をあげる、レイン。

わたくしは昔嫌がらせで見た鳥の死骸に比べるとマシだわ、とけっこう冷静に見ていた。

新妻の驚いた顔に満足したのか、セイド様は得意げに胸を張る。

「イズーリでは最高のもてなしとして、魚や肉をそのままの姿で料理し目の前で切り分けるんだ。俺も初めて見た時は驚いたなぁ」

チラッとセイド様がわたくし達の様子をうかがう。

「シャナリーゼ嬢は平気そうだな」

「鶏なら大丈夫ですわ。見慣れておりますもの」

「……そ、そうか？　ん？　れ、レイン⁉」

セイド様もわたくしが言った意図には気がつく様子はなく、いまだに青ざめ口がきけない妻に驚いてご機嫌を取り始める。

セイド様の話によると、夜会でも丸焼きは出るらしい。しかも何個も。

もっとすごいのは狩猟会。参加した貴族が狩った獲物を持ち寄り、上位のものをその場で随行した料理人が丸焼きにして振る舞うそうだ。ちなみにセイド様が参加した数年前は、自分とサイラスが追い詰めた巨大な角のある野牛が丸焼きになったらしい。

きっとライアン様も参加していただろうけど——役に立たなかったみたいね。


切り分けられた肉料理を前に、レインは戸惑っている。

そうよね、ちょっと目線をずらすと、こちらからはまだ無傷の鶏の丸焼きが見えるものね。きっと裏側を見たらレインは卒倒するだろう。

え、わたくし？

おいしく頂いておりますわよ。

丸焼きなんて孤児院ではお祭り騒ぎで楽しむものですもの。見慣れております。

ただ……研修に来た若いシスターが絶叫したのは見たことあります。子どもにお肉は必要ですよ、命のありがたさが分かるでしょ、と周りが説得していたのも知っています。

まぁ、その時は数羽の野鳥だったわね。

「レイン、普段食べているお肉はこうして動物から恩恵を受けているのよ。美味しく食べないと命に失礼だわ」

「え、えぇ。そうね」

意を決したように手を動かし始めたレインを、セイド様は心配そうに見ている。

心配するくらいなら最初から説明しときなさいよ！

パクッと食べたレインの顔が、みるみる笑顔になった。

「おいしいわ」

「そうね。これどこの部位？」

それはわたくしの純粋な好奇心からの質問。

給仕の青年も悪気なく笑顔で答える。

「首です」

ぽとり、とレインの手からフォークが落ちた。

笑顔のまま、どんどん顔色が悪くなっていく。

「れ、レイン！」

あわてるセイド様に、わたくしはちょっと睨まれる。


勘違いなさらないで、セイド様。本当に悪気はなかったんですのよ。

「そ、そうですわ。セイド様、明日レインと二人で、出かけてもよろしいでしょうか？」

現状を打破すべく、わたくしは急な話題をふる。

後でデザートを食べながら、のんびりと話そうと思っていたけど、この雰囲気を壊すにはちょうどいい。

「プリーモという有名なチョコレートの店へ、エージュが案内してくれるというのです。ぜひレインと行きたいのですわ」

「まぁ、プリーモへ⁉」

首のショックはどこへやら。嬉しそうに目を輝かせるレインにわたくしはうなずく。

「明日は朝のお見舞い、昼のお見舞い、夕刻のお見舞い、夜のお見舞いの予定ですので、合間に行きたいのです。できたら午前中に」

まったく、何が悲しくて一日四回もお見舞いに行かなきゃならないのだろう。

ライアン様からわたくしの義務だ、という毎日の予定を聞かされた時に、一瞬ポカンとしてしまったのはレインも同じ。

しかも付け加えられた言葉は「の、最低四回。あぁ、上限はないそうだ」だし。

もういっそ「看病してて」と言われたと諦めよう。少しくらいなら話し相手にはなってやろうと思っていたが、今日見る限りじゃ話せそうもない。

「プリーモか。人気店だが大丈夫か？　使いを出そうか」

「いいえ。自分の目で選びたいんですの。もしご心配ならレインとご一緒するのは諦めますわ」

「えぇ⁉　嫌よ、シャーリー。わたしも連れて行って！」

すがるように見つめてくるレインに、わたくしは困り顔で「でも」と言葉を濁してセイド様を見る。

レインもわたくしの言わんとしていることが分かり、すぐ夫へと潤《うる》んだ目を送る。

「お願いします、セイド様。プリーモはこちらでも上流階級の方々がお買い求めにくるくらいのお店ですから、何も心配するようなことはありませんわ」

「エージュが案内してくれます。ご心配ならエージュとご相談されてはどうです?」

じっと妻とわたくしに見つめられ、セイド様は渋々うなずく。

「……分かった」

パッとレインの顔が輝くが、セイド様は難しい顔のまま付け加える。

「だが、ライアン様の許可が出てからでないと」

「分かっておりますわ」

「嬉しい、あのプリーモに行けるなんて」

すでに行く気な妻に、セイド様はくれぐれも注意するようにと言い含めていた。

◆◆◆

夕食後、わたくしは言われていたようにサイラスのお見舞いに行く。

相変わらず目を覚ましていなかったが、メイドによると、先ほど医師の診察中に一度うっすらと目を覚ましたらしい。

少しでも意識があるうちにと薬を服用し、そのまま眠りについたという。

わたくしの計画で完全に目覚めるといいんだけど、正直勝算《しょうさん》なんてないわ。ほとんど思い付きだもの。

自分が立てた計画を考えていると、セイド様がやってきた。

「許可が下りた」

「まぁ、良かったですわ」

「エージュには俺から伝える。他に何かあるか?」

「いいえ、ございませんわ」

そうか、とセイド様は視線をサイラスへ移す。

「先ほどうっすらと、ごく短い時間目が覚めたそうです」

「そうか。こうして改めて見ると、ロクに食事もしていないせいかやつれているな。早く完全に目が覚めるといいが」

「そうですわね」

確かに言われてみれば、頬がこけている気がする。

ふとその寝顔を見ていると、前にやられたことを思い出した。

メイド二人さえどうにかすれば、遠慮なく復讐《ふくしゅう》できそうねぇ。

しかしなかなか優秀そうなメイド達は、そつなく控えているようで実はわたくしの手元を見ていたりと、意外に観察している。さすが王子付きにされるだけのことはある。

まぁ、下手したら意識のない王子なんて、どうにでもされちゃうものね。あぁ、なんだろう。ティナリアにこの話したらなんだか喜びそうだわ。

「……今ならやれそうなのに」

「え？」

ついつい出た言葉に、わたくしはハッと我に返る。

「何をする気だ？」

じとっと、目を細めて睨むセイド様の視線が痛い。

「……寝ている人にラクガキをする、という話を思い出しただけですわ」

実際やられましたけどね！

笑って流してくれるかと思いきや、セイド様は呆れた顔でため息をつく。

「そんなバカバカしいことを本気でする奴がどこにいる」

「そぉですわねぇ」

ほほほ、とひきつり笑いをしつつ、サッと横に顔をそらして舌打ちしたくなる。

「ここにいますわ！　こいつですわ‼」とセイド様に高笑いで教えてあげたいけど、それを話すには、わたくしまで醜態《しゅうたい》をさらさなくてはならない。

今だって、わたくし一人だけ呆れられている。

きぃいいいいいっ！　なんだか余計に腹立ってきましたわっ‼

◆◆◆

翌朝、朝食の席にはレインだけが座っていた。

「おはよう、レイン。セイド様はお仕事？」

「おはよう、シャーリー。えぇ、セイド様はライアン様のお側に行かれているわ」

席に着くとさっそく朝食が運ばれてくる。

給仕の青年が目の前で新鮮なフルーツをナイフで切り、そのままギュッと絞った果汁に氷と水、シロップを混ぜてジュースを作ってくれた。

それを一口飲んでから、焼きたてのふわふわのパンに、昨夜も出たクリーム状のチーズを塗って食べる。細かく刻んだ野菜の入ったふんわりしたオムレツは、中からチーズが溶けて出てきた。カリカリのベーコンもおいしい。温野菜のサラダも数種類のドレッシングを選ぶことができ、試しに選んだオレンジのドレッシングは、酸味のあるすっきりしたものだった。

ちなみにレインは色がきれいだからと、おそらくボルボアの使われたピンク色のソースを選んだ。こちらも見た目とは反対に酸味があり、あっさりしているとレインが絶賛していた。


朝食を終えて、サイラスを見舞いに行く。

護衛の騎士は交代していたが、わたくしが行くとすんなりと通してくれる。

目つきの悪い女が見舞いに来たら、黙って通すようにとでも言われているのかしら。分かりやすい特徴でしょう？　ふふふ、と内心で笑いながら中に入る。

「おはようございます」

纏《まと》め上げた髪に、首元まできっちりと覆った山吹色《やまぶきいろ》のドレス。そして優しげな瞳の初老の女性がわたくしを迎えてくれた。

「あなたは？」

「サイラス様の乳母《うば》を務めておりました、フィセルと申します。しばらくお側を離れておりましたが、このたびお召しを受けお世話をさせていただいております」

「まぁ、そうでしたの。わたくしシャナリーゼ・ミラ・ジロンドと申します」

お互いの自己紹介を済ませ、わたくしはフィセル様のそばにワゴンと、水桶とタオルが数枚置いてあるのに気がつく。

「お邪魔してごめんなさい」

そう言って踵《きびす》を返そうとすると、フィセル様は「あっ」と小さく声を漏らす。

「何か？」

半分体を反転させたまま首だけ向き直ると、フィセル様はにこりと微笑んだ。

「わたくしが申しますのも出過ぎたこととは存じますが、隣国よりわざわざお見舞いに来ていただき本当にありがとうございます」

深々と頭を下げたフィセル様に、わたくしはなんとも言えない居心地の悪さを感じる。

「お礼には及びませんわ。それにわたくしはご命令があったので参りましたの。ですからフィセル様がお礼を述べるようなことはありません。お邪魔いたしましたした」

だんだんと目線が違う方向を向いていたが、この際どうでもいいだろう。

「お引き止めして申し訳ありません」

「いえ、後はよろしくお願いいたします」

わたくしはそそくさと逃げるように退出した。

……あぁ、お礼を言われるのは苦手だわ。

でも気を取り直して！　今からプリーモにお買い物に行くんだから！

◆◆◆

で、気を取り直してレインとエージュ、護衛二人（片方はお兄様）を連れてやってきたチョコレートハウス・プリーモ。

町の大通りより一本入った、薄いオレンジ色のレンガ造りの小さな館《やかた》風のお店。

敷地内をグルリと緑の植木が覆い、見た目は二階建ての館なのだが、中に入ると平屋の造りだった。

両開きの扉から中に入ると、甘い香りがふんわり漂ってきておもわず笑顔になってしまう。

壁側ではなく、中央に並べられたチョコレートのバラ売り。レジの横には透明のケースの棚が並び数々のチョコレートケーキやパイ、タルトが並べられている。

レジの奥は厨房《ちゅうぼう》のようで、硝子《ガラス》張りで中の様子が窺える。ちょうど硝子から見えるのは仕上げの工程。見るだけでも楽しい。

すでに狭い、といえるほど人が入っており、しかもほとんどが女性なのでドレスが嵩張《かさば》り余計に混雑している。

「まぁまぁ、なんてきれいなんでしょう！」

目を輝かせたレインが注目しているのは、中央のバラ売りコーナー。

一口大のチョコレートの上に、波のように薄いクリーム色のチョコが器用に盛り付けてあり、小さな赤と黄色い粒がのせてある。その横には八重咲きのバラのように、幾重にも薄いチョコレートを花びらのように重ねたものや、小さなタルト生地に流し込んだシンプルなものもある。

「食べるのがもったいないわ」

「ふふっ、最後の一粒まで見ていて飽きないものね」

「どうぞお好きなものをお選びください」

エージュがそっと後ろに下がると、代わって進み出たのはチューリップによく似た花をモチーフにした、プリーモのロゴマークの入ったエプロンをした店員二人。そろってトレイとトングを持っている。

「悩んでしまうのに待たせるのは気が引けるわ」

困ったようにレインが笑うと、エージュはにっこり笑う。

「悩むものをすべてお選びください」

「でも……」

レインの目には遠慮が浮かんでいる。

そして一番言いたいことを我慢している。

チラリと助けを求めるようにわたくしを見上げたレインを見て、分かっているわよ、と言わんばかりにうなずく。

「そうね。悩むのはやめます。これ全種類お願い。あ、レインもそれでいい？」

「えぇ！　全部⁉　う、嬉しいけど……でも食べる時に迷いそうだわ」

レインは恥ずかしがりながらも、並ぶチョコレートから目が離せない。

せっかくだから。別に遠慮することないわよ。

「ではそのように」

エージュが店員に指示をする。

その間にわたくしはすでに箱詰めされている、贈り物用のチョコレートの詰め合わせを見ていた。

一番大きいものは二十種類入っているもので、シンプルな白い箱にプリーモのロゴマークがついている。

「そちらもご入用ですか？」

「そうね。家族や友人に」

数えて手に取ろうとしたら、横からエージュが先に持ち上げる。

「八箱、でよろしいのですか？」

「じゃあ十一箱にして。あとショーケースのタルトもいいわね」

「かしこまりました。レイン様はいかがですか？」

「あ、じゃあ」

遠慮がちに選んでいるレインを残し、わたくしはショーケースの前に立つ。

表面がテカテカに光った飾りのないケーキは、ほぼ黒いチョコレートで覆われているので甘さは控えめそうね。ホワイトチョコレートでコーティングされたケーキは、上に色とりどりの果物が散らばっている。他にもロールケーキや二段のものもあり、ホールは見ているだけでも幸せな気分になる。しかし日持ちしないので今回はカットを選ぼう。

「シャナリーゼ様、ご滞在中はいつでもご用意いたしますよ」

戻ってきたエージュの言葉に、わたくしはムッと口を尖らせる。

「そんなに長居するつもりはないわ」

カットケーキを数個選ぶ。

ちなみに代金は全部エージュが払った。つまりサイラス持ち。

そうね。起きたらお礼は言うわ。

……言うだけよ！

見返りなんか要求したら、本当に傷口に塩を塗りこんでやるわ！

◆◆◆

城に戻ってから、今日ついてきてくれた護衛に詰め合わせの箱を一つ渡す。

世間にどう思われようが、兄の株を上げることは小さな気遣いからせっせとするわ。

お兄様には「あの方へのお土産も数に入れておりますわ」と、こっそり耳打ちしておいたら、そっと親指だけ立てていたから大丈夫。お兄様の恋は前途多難ですものねぇ。

昼食は軽めにしてもらう。

なんせ午後のお茶の時間には、プリーモのケーキが待っているんだもの。

でも、その前に頼んでいたことはちゃんとできたかしら？

「シャナリーゼ様、ご準備できました」

レインの部屋で待っていると、メイドでも侍女でもなくエージュが呼びに来る。

「ありがとう」

どうしてエージュが？　と不思議がるレインを連れて、わたくし達はサイラスが療養している部屋へ向かう。

部屋の前の護衛騎士はいつも厳しい顔で立っているが、今日はそれが崩れている。

戸惑った目線を、チラチラと部屋へと注いでいる。

「いいかしら？」

レインとエージュを引き連れたわたくしが前に来ると、いちおう型どおりにドアをノックしてくれるが、好奇の視線がわたくし達にも注がれている。

そんな視線を無視して中に入ると、わたくしは満足げに口角を上げる。


続いて入ったレインは、ポカンとおもわず軽く口を開けてしまったが、エージュはこれを用意した本人なので驚かない。介護についているメイドも普通に立っており、フィセル様も微笑んでいた。

場違いなのはどちらだろう。

奥の寝台で包帯だらけで眠るサイラス。

手前にはお茶の準備がなされている。

しかもただのお茶じゃない。わたくし達が座る丸い華奢《きゃしゃ》な脚のテーブルの他に、更に三つのテーブルが用意されている。上に置かれているのは今日プリーモから購入してきたケーキやチョコレート。そしてエージュの手配で用意されたプディング、クッキー、砂糖でコーティングされたバウムクーヘン、ナッツたっぷりのフロランタン、濃厚なチーズケーキ、生クリームをたっぷり挟んだフルーツのサンドイッチに果物にジャムなどなど。

間違いなくサイラスが場違いだ。

微《かす》かな花の香りの部屋には薬のにおいも僅《わず》かにするが、今は甘い香りが充満する菓子店のような部屋になってしまっている。

「しゃ、シャーリー、これは？」

どういうことなの、とレインがうろたえる。

「サイラスを完全に起こそうとするなら、こうでもしないとダメよ」

「まったくです、シャナリーゼ様」

同意するエージュ。用意するようには頼んだが、想像以上に甘いものをそろえている。

ずいぶんはりきったわねぇ。

「ふふふ、驚きましたわ。まさかこんなことになるなんて」

フィセル様が嬉しそうに微笑む。

「レイン、こちらはサイラスの乳母のフィセル様よ。ご一緒にとお誘いしたの」

「まぁ、初めまして。レイン・アナ・ハートミルでございます」

レインとフィセル様の挨拶も終わり、わたくし達はさっそく席についてお茶を始める。

え、お見舞い？　サイラスの顔なら後から見るわ。

わたくしの前にエージュがチョコレートタルトを持ってくる。レインの前にはプリーモのバラ売りされていたチョコレート。ちなみにやっぱり悩んでいたので、エージュが選ぶはめになる。

フィセル様の前には濃厚なチーズケーキ。テーブルの真ん中には三段のティースタンド。クッキーやフルーツサンド、プリーモのチョコレートが置かれている。

「サイラス様は甘いものが本当にお好きなのね」

「見てるこっちが胸焼けするくらい好きよ。だから花を飾るより、こうして甘いお菓子をたくさん並べたほうがいいのよ」

「ふふふっ、お菓子をお贈りするくらいなら思いつきましたけど、まさかお部屋をお菓子だらけになさるなんて。たとえ思いついても実行はできませんわ」

「そうですわね。わたくしも反対があると思っていたのですが」

言葉を切って、チラッとエージュに視線を飛ばす。

「反対はなかったの？」

「はい。ございませんでした。もとよりマディウス皇太子殿下より、シャナリーゼ様から何かご指示があれば従うように、と控えておりますメイド、並びに護衛騎士には通達されておりましたので」

「そう」

ちょっとだけ不機嫌になる。

最初から見透かされていたのかしら。まったくここまで自由にさせてくれるなんて、裏がありそうで気味が悪いわ。

もしこの部屋でパーティーを開こうとしても許されるのかしら。

……やったらマディウス皇太子様まで参加しそうね。

まぁ、イズーリ国王夫妻からの評価は地に落ちるでしょうね。ふふふ……、外交問題にならなかったら別にいいけど。

フィセル様からサイラスの幼少時代の話が少し出ると、そこから自然と子どもの話になった。

レインが新婚と聞いたフィセル様は、嬉々《きき》として赤ちゃんのお世話について語り始める。

レインは手を止め、頬を軽く染めながら聞き入っている。そういえば手紙でイリスが懐妊したと言っていたわねぇ、とわたくしは思い出したくらい上の空。

思いのほか気があったような二人を尻目に、わたくしは行儀悪くも食べかけのチョコレートタルトがのった皿を片手に立ち上がると、ゆっくりとサイラスの寝台へ近づく。

寝台の横から覗き込むと、気のせいか血色が良かった。

花の匂いが悪臭と化し、しかめっ面をしていた顔も今は穏やかに見える。

「とっとと起きてちょうだい。さもないと甘ったるいチョコレートソースを、その口に流し込みますわよ」

いたずら心で怪我しているほうの頬をつついてやりたくなる。

「失礼いたします」

エージュが椅子を持ってきてくれる。

「ありがとう。ねぇ、本当に何も言われなかったの？」

「……正直に申し上げますと、メイド長から報告を受けた女官長が苦情を言いに来ました。しかしマディウス様の許可があるとはねつけましたら、ものすごく睨まれました。あれはきっと王妃様にご報告に行ったと思われます」

見ず知らずの女官長からも嫌われたらしい。

今頃王妃様も、頭が痛いと悩んでいらっしゃるのだろう。でもすぐ消えますわ。

「ふふふっ、明日は何をしようかしら。小規模な演奏会でも開こうかしら」

「マディウス様は楽団を所有されておりますよ」

「やめるわ」

あっさり諦める。

あのサイラスより腹黒真っ黒常闇かもしれない皇太子に関わってはいけない、とわたくしの直感が訴える。

「起きないわねぇ」

行儀悪く小指にチョコレートソースを付け、わたくしはサイラスの唇に塗る。

これで起きないかしら、ふふふ。

つい唇の奥まで小指を突っ込んで塗っていると、ペロッと赤い舌がのぞいて舐めあげられた。

「！」

ビクッと体を大きく震わせて、とっさに手を引く。

「……っはぁ……」

少し眉間に皺を寄せ、サイラスが妙に色っぽい吐息を吐き出す。

うっすらと左目が開き、それがわたくしのほうに向けられると徐々に黒い瞳が現れた。

「……リー？」

かすれた小さい声が、ずいぶん驚いている。

「あらあら、ずいぶん可愛らしいお姿ですわね。まるで眠り姫のようですわ」

舐められた小指の衝撃にまだ胸がドキドキしているが、態度に出さないように胸を張り、意地悪い笑みを浮かべる。

いつものサイラスならここで憎まれ口をたたくのだが、よほどわたくしがいたのが不思議だったのだろう。左目がキョロキョロと忙《せわ》しなく動く。

「エージュ、これは？」

「ライアン皇太子殿下がお見舞いに来られております。シャナリーゼ様もご同行されたのです」

「強制連行されたのよ」

間違えないで、と半眼でエージュを睨む。

だがサイラスの表情は硬いまま、何かに戸惑っている。

「しかし……今日は何日だ？」

「二十八日でございます」

ゆっくりとサイラスは自分の口で繰り返した後、ハッとしたように目を見開いてわたくしを見る。

「なんですの？」

「お前、明日た……」

「！」

言わんとしていることが分かり、ムギュッとそのたどたどしい口調の口に、皿の上のチョコレートタルトを押し付けて黙らせる。

もちろんフォークで刺している余裕はなかったので、大変行儀が悪いが手で掴んだ。

うぐっとかあぐっとかうめいているサイラスに、わたくしは口角だけ上げて見下ろす。

「覚えて……いいえ、知っていらしたのね。でもそれは口にしないでちょうだい。考える暇があったら、とっとと回復していただきたいわ」

ぐいぐいと残り少ないチョコレートタルトを押し込み、サイラスの口周りはもとより、右半分の包帯も汚してしまう。

「うまいな」

「プリーモのケーキよ。もう一ついかが？」

サッとエージュが差し出したハンカチで、わたくしはチョコレートで汚れた手を拭きつつ背後を振り返る。

テーブルではサイラスの様子に気がついたレインとフィセル様が、手を止め、驚きで声が出ないままじっとこちらを見ていた。

「喉が渇いた。ホットチョコがいい」

よけいに喉が渇きそうなものをリクエストする主人に、エージュは黙って頭を下げ立ち上がる。

……その前に主の顔を拭いていきなさいよ、エージュ。

「まぁっ！　その前に薬湯ですよ、サイラス様！」

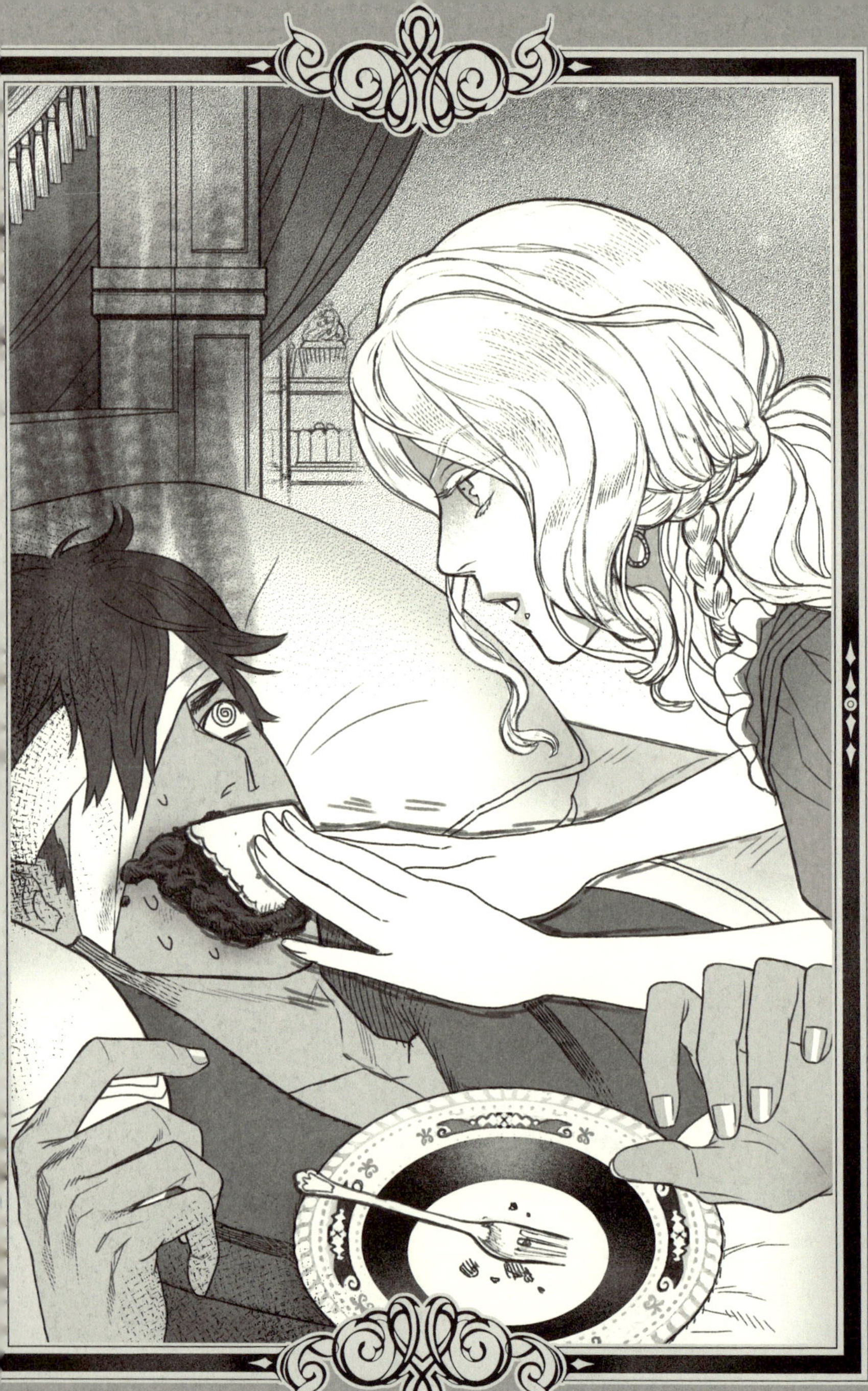

やっと現状を理解したフィセル様が、とんでもない！　と勢い良く立ち上がる。

「血が足りないんだ。なんでもいいだろう」

しかめっ面に戻ったサイラスに、フィセル様は首を横に振り厳しい声を出す。

「なりません！　まずは栄養のあるものをとってからでないと」

「目の前にそれがあるのに我慢しろだと？　拷問だ」

「大の大人がなんですっ！　血が足りないならお菓子ではなく、お食事と薬湯ですっ」

今までの物静かなフィセル様の雰囲気からは一変して、それは見事な教育者の顔になる。

「お待たせしました」

そんなフィセル様の言葉を無視し、エージュが温かいホットチョコが入ったカップを持ってサイラスの側に控える。

少しだけ上半身を起こすと、エージュが背中にクッションを置く。

それから左手でカップを受け取ったサイラスは、フィセル様の怒声も無視して飲む。

「俺の血はチョコでできているといえば黙ると思うか？」

「バカなこと言ってないで、あなたは栄養学でも学びなさい」

わたくしが呆れた目で見れば、サイラスは面白そうに目を細める。

「ありがとう、シャーリー」

え？　とわたくしは目と耳を疑う。

今の声があまりに気持ちよく頭に入ってきたので、わたくしは一瞬何の音も聞こえなかったくらいだ。

しかし、わたくしはそうとう偏屈《へんくつ》のようだ。

「かっ勘違いなさらないでっ！　わたくし心配なんてしてておりませんし、ここに来たのだって我が国の国王陛下のご命令ですの。来たくて来たんじゃありませんわっ！」

最後にふんっと盛大に鼻を鳴らして立ち上がり、そのまま席に戻る。

「何でもいいわ、ケーキちょうだい！」

なぜか微笑むメイドにイライラして注文すると、渡されたのはピンクのハートの薄いチョコレートがのせられたフルーツロールケーキ。

「さぁさぁ！　お飲みください！」

わたくしが立ち去った寝台の側には、薬湯を持ったフィセル様がサイラスに迫っていた。

チラッと見えた薬湯は濁った濃い緑色。飲むには勇気がいる色ね、とわずかに同情しそうになるが、飲むのはサイラス。ちょっとだけいい気味、と思う。

渋るサイラスに、フィセル様はとうとうしびれを切らす。

「そんなにチョコレートがいいのなら、こうして溶かします！」

フィセル様はホットチョコのカップを奪うと、薬湯の入ったカップにどぼっと注いだ。

「さぁ、どうぞ！」

「……マジか……」

……薬湯は史上最悪の味だったらしいわ。

◆二十　最悪な誕生日は、八つ当たり日和《びより》ですわ！

「ハッピーバースディ！　シャナリーゼ様!!」


孤児院でたくさんの子ども達と、院長やシスター・メイラ。

そんなみんなに囲まれて、わたくしは嬉しくなって一瞬声が出なくなる。一度崩れそうになった表情筋も、元に戻らずあっけなく緩む。

「ありがとう、みんな」

今日はたくさん料理を持ってきたの。

自分のお祝いの料理を持ってくるなんておかしいけど、でもみんなでワイワイ食べるのが一番いいの。だってそれって幸せなことだわ。

今この時はみんな食べるのに夢中で、不安も悩みもその顔に出ない。

料理の取り合いだって、食べこぼしだって、洋服が汚れてしまったわと苦笑するシスターも、口周りと手を汚しても笑顔のままわたくしを見てくれる子ども達も、みんな大好き。


わたくしの宝物なのよ。

――だから邪魔しないでちょうだい。

◆◆◆

「夢……」

ぽつりと呟いた後、視界に見えたのはここ数日寝泊まりする部屋の寝台から見る天井。

気分が悪いわけではないが、カーテンの隙間から入り込んでくる朝日を恨めしげに見る。

「ハッピーバースディ、わたくし……」

小さく呟いた後、はぁっとため息をついて二度寝することにする。

メイドが起こしにやってくるまで、こうしてもうしばらく丸まっているのもいいわ。

ただ、ウトウトした頃に起床の時間がきて、メイドが起こしにきたのが残念。

昨日、あれからサイラスは薬湯を飲んだ後、顔色が悪いまま起きていたが、心配したフィセル様に無理やり寝るように言われていた。

いや、アレは間違いなくチョコレート入り薬湯が原因だったのだろうが、わたくしもエージュも口にしなかったので、サイラスは恨めしい目つきで口元を押さえて耐えていた。

そのせいでお茶会はさっさと解散になったのだけど、あれから夜のお見舞いに訪れたがサイラスは眉間に皺を寄せ眠ったままだった。

枕元にクッキーの缶が置かれていたのだが、これは誰の仕業《しわざ》だろうか。

今朝も朝食をレインと食べる。

レインは午前中少しだけ自由になるというセイド様に誘われ、ちょっと出かけると言っていた。

わたくしも誘われたが、うなずけばセイド様ががっかりする顔が見れるという特典があったものの、ここはきっぱりとお断りしておく。

何が悲しくて自分の誕生日の日にお祝いも言われないまま、あなた達の惚気を見なきゃいけないのよ。

「あなたとの仲を邪魔して、あとでセイド様に恨まれると面倒だわ」

レインはそんなことないわっと、顔を真っ赤にして反論してきたが、惚気てないことのほうが少ないというのは分かっていないみたいね。


朝食後は恒例のお見舞い。

その前に一度部屋に戻ると、三人のメイドが新しいドレスを用意して待っていた。

「……これは誰から？」

「サイラス様です」

「いらないわ」

「「「着ていただかないとクビになります！」」」

涙目のメイド三人に詰め寄られ、頭を抱えて我慢することにする。

イズーリで最近流行《はや》っていると言うデザインで、一番のポイントはお尻を覆い隠すほどのリボンがついていること。しかも咲き誇る花のように、ふんわりとさせることがポイントらしい。

ふわふわと歩みに合わせて揺れるのが気になったが、まぁすぐに慣れるだろう。

起きているかしら、とぼんやり考えながらサイラスの養生している部屋に向かうと、いつもただ静かに立っている護衛の二人が明らかに動揺した。

いつもならサッとドアをノックするのに、今日はどうしたことか目線でお互い会話している。

「何かありまして？」

その言葉に、護衛は動揺するのをやめて軽く頭を下げる。

「失礼いたしました」

結局、右の護衛がドアをノックした。

中からメイドがドアを開けてくれたが、やはりその顔も一瞬困惑したように曇る。

容態でも悪化したのかしらと、わたくしは気を引き締めて部屋に入る。

「失礼いたします」

いつものように礼をして顔を上げると、ふんわりと花ではない香りが漂ってきた。

サイラスは寝台の上で上半身を起こしていた。その周りに見知らぬ女性達がいる。


「おはよう、シャナリーゼ嬢」

聞いたことがないような堅苦しい言い方。

相変わらず背もたれにクッションを置かれ、側にはエージュが控えている。

ただその顔はいつになく硬く、淡々としている。

――わたくしは、正しく部屋の様子を理解する。

「ご機嫌をお伺いに参りましたが、お邪魔のようですわね」

にっこり貼り付けた笑顔を、サイラス、エージュ、そして側にいるご令嬢三人に向ける。

部屋に入った時に漂ってきたのは、ふんわりと香る女物の香水。その発生源であるご令嬢達は三人。

わたくしと同じ年くらいの方が二人。そして敵意をあらわにしてわたくしを睨んでいる、十才前後の少女が一人。

ご令嬢達の視線がわたくしに向いている間に、サイラスは目線をわたくしからそらす。

「いや、ただ少し休もうとしていたところだ」

「まぁっ！　お疲れになったんですね」

一番近くにいる赤い巻き毛の令嬢が、すぐさま反応して大げさに騒ぐ。

「せっかくお目覚めになったのに、残念ですが早くお休みくださいませ」

赤い巻き毛の令嬢が泣きそうな顔をして、甲斐甲斐《かいがい》しく掛け布をかける。

一方、もう一人の亜麻色の髪をハーフアップして結い上げている令嬢は、そっと一歩後退し、世話を焼く赤い巻き毛の令嬢を微笑んだまま見つめる。

そして最後の令嬢である少女は、赤い巻き毛の令嬢の行動に思いっきり眉をひそめていたが、やはり気になるのかチラチラとわたくしに視線を飛ばしてくる。

あらあら、分かりやすくてすごくいいわ。

クスッと知らず知らずのうちに笑みがこぼれる――と、同時にどこかで思う。

……バカみたい。

それはわたくしも含めた、この部屋の人達全員に向けた言葉。

しらけたわたくしの耳に、サイラスのそっけない言葉が聞こえる。

「全員出て行ってくれ」

まるで自分は別格、といわんばかりに世話を焼いていた赤い巻き毛の令嬢の手をはねつけるように、サイラスは背を向けてしまう。

さすがの世話焼き令嬢もこれにはうろたえ、すぐに立ち上がった。

「失礼いたします。では参りましょう」

あくまで取り仕切る令嬢に続き、控えめな亜麻色の髪の令嬢と少女がそれに続く。

ただ、少女は不満そうに何度もサイラスを振り返る。

「では、失礼いたしますわ」

わたくしは令嬢のご一行が近づいて来る前に、無言でサッと礼をして部屋を出る。

不敬と言われようが、この状態でサイラスの顔など見たくもない。

それに、さっさと出て行くわたくしを、ものすごい形相で睨んでいる赤毛の令嬢の顔が目に入ったし。

まぁ、こわいこわい。

クスクスと笑ってしまいそうなのを、必死で押し殺して部屋を出る。


これが国内なら、その場で迎えて笑ってやるけどね。

ケンカ売ってきたのはそちらよ？　とばかりに買おうか買うまいか考えてじらせば、だいたい勝手に相手が自爆する。

赤い顔、膨らむ鼻、目を吊り上げ、口をひきつらせ、ツバを飛ばして口が動く動く。

そんな相手を観察していれば、だいたい先に相手が一息入れる。

そこで笑えば、温存していただろうエネルギーを使って一気に相手が畳み込んでくる。

あぁ、もちろんその後のケアはしますわ。

赤い顔を青に変えて、膨らんだ鼻は呼吸ができているのかと心配になるくらいに動きを止め、口は小さくつぐみ、動きつかれた口は痙攣《けいれん》を起こす。

全エネルギーを口に使った方は、しばらくその場で回復するのを待ってもらうし、予備エネルギーをお持ちの方はご自身で去っていかれる。

え、わたくし？

わたくしは別に何ともありませんから、用事があればそこへ参りますし、なければ帰ります。

あぁ、でもここは他国。

残念ながら、あのご令嬢たちの情報は何一つ知らない。見る限り、サイラスの婚約者候補様方のようね。さすがにあの少女は違うでしょうけど。

違わなかったら、すぐにでも『幼児趣味！　変態‼』と罵り、今後一切の縁を切る。

ええ、本気で縁を切るわ。

わたくしのトラウマは半端なくってよ‼

ライルラド国中に言い触らしてやるわ。必要ならリシャーヌ様にも泣きついて、がっつり尾ひれを付けてお話しするわ。

それにしても、知らない相手というのも久々だわ。あの方々もわたくしのことを、どこまで知っているのかしら。でも身分はわたくしより上でしょうね。

だけど言われっぱなしは嫌だわ。どうしてやりましょうか。ふふふっ。

「……ふふっ」

ついに声が漏れる。

大して焦りもしなかったが、いちおう顔を上げて周りを確認する。

振り返れば、サイラスの部屋ははるか後方で、後から出てきたはずの令嬢ご一行の姿はない。どこかで曲がってしまったのだろう。

もしかしたら呼び止められたかもしれないが、すっかり妄想の世界に入っていたわたくしは聞き逃したのかも。

残念だわ、とわたくしは正直に思った。

サイラスの部屋で感じた妙な違和感を、あの赤毛の巻き毛の令嬢ならふっ飛ばしてくれると思っていたのに。まぁわたくしなんて眼中にない、ということなのだろうか。

あらあら、釣り損ねましたわ。

意外とがっかりしているわたくしの前に、ふと人影が落ちる。

顔を上げれば、そこには胡散臭い笑み全開のマディウス皇太子様がいた。

「ごきげんよう、シャナリーゼ嬢。朝のお見舞いかい？」

「これはマディウス皇太子殿下。御前《ごぜん》失礼いたしますわ。おっしゃるとおり、先ほど参りました」

「今朝はサイラスがだいぶ回復した、という話を信じた彼の婚約者候補達が来ていたようだけど？」

「まぁ、存じ上げませんわ」

ほほほっと軽く受け流すが、マディウス皇太子様は最初から知っていたに違いない。

なぜこんな厄介な方が釣れるのでしょう！

そんなわたくしの心情が届いたのか、彼は急に傷ついたように悲しげな顔になる。

「無理はしなくていい。どちらもうちの侯爵家の令嬢だが、サイラスが望んでいるのは君なんだ」

言われた瞬間、ぞわっと背筋に寒気がはしる。

ここで「ひとくくりに追い出されましたけど」と言えたらどんなにいいだろう。

「お気持ちありがとうございます。ですが、今はサイラス様のお体の回復が最優先ですわ。ご令嬢方のお見舞いもあるなら、きっと近いうちに回復なさいますわ」

「確かに。昨日のチョコレート作戦は成功したようだし」

ぐっと言葉に詰まる。

知っているとは思ったけど、まさかこんな所で言われるとは……。

「今度はぜひ呼んでほしいよ」

「まぁ、恐れ多いことです」

マディウス皇太子様の胡散臭い笑顔に、わたくしも貼り付けた笑顔で返し頭を下げる。

「あぁ、殿下こちらでしたか」

カツカツと足早な靴音がして、壮年の男性がやってくる。

「お忙しい中、お声をかけていただきありがとうございました」

チャンスだわ、とサッと淑女の礼をとり、この隙に逃げ出す手順をとる。

「あぁ、こちらこそ呼び止めてすまなかった。またゆっくりと話そう」

「お気遣いありがとうございます」

顔を上げればさわやかなマディウス皇太子様の笑顔、そしてこちらをじっと観察する壮年の男性がいた。

だが、それも一瞬のこと。

足早に去りたいのを我慢して、わたくしはいつもどおりに歩き出す。

背中にほんの少し視線を感じたものの、振り返りたい衝動を必死に抑え込んで、わたくしは部屋へと戻った。

◆
◆
◆

パタン、と扉を閉めてわたくしは長椅子にゆったりと座る。

最悪な誕生日だわ。


うんざりした顔で、天気の良い窓の外を見る。

わたくしの心とは裏腹の良い秋晴れね。

急に思い出したのは、なんだかんだで忙しく、結局忘れてしまっていたもの。

「あ、そうだわ」

「確か寝室に置いていたわよね」

続き間の寝室へ入り、サイドテーブルの引き出しを開ける。

そこには孤児院の子ども達から貰ったネックレスの入った小箱と、リボンのついた長方形の箱を入れていた。

「これ開けてなかったわ」

イズーリへ向かう日、ティナリアからもらった贈り物。確かリンディ様と一緒に用意したと言っていたわね。

きっと誕生日プレゼントね。なにかしら。

家族や打ち解けた知人からのプレゼントだけは、今でも素直に嬉しくて、ドキドキして楽しみながら開くことができる。

あの子達の共通の趣味は怖いけど、この細い箱ならあの手の書籍関係ではなさそうね。

そんな安心感もあり、わくわくしながらリボンをほどき、包み紙を丁寧にはがして箱を開けた。

………。

パタン、と蓋を閉じる。

見間違えかしら？

思わず閉めなおしてしまったけど、疲れ目が酷《ひど》いのね。

確かに肩はこってるわ。

城の中にいるだけで、いちおう自由にはさせてもらっているけど、それも限られた区域でのこと。

ここには我が家のようなトレーニング部屋なんてない。

もともと旅に出るようなこともしなかったし、慣れない馬車の旅と異国で疲れがたまっているんだわ。

でも、出がけにティナリアは何と言っていたかしら？

「……だからって、これはないでしょうに」

はぁっとため息をついて、わたくしはもう一度箱を開ける。

中に納まっていたのは――――鞭。

細長い持ち手には黒い皮製で滑り止めの凹凸《おうとつ》。両サイドには白い模様と赤い宝石が左右二つずつついている。持ち手の先からは革紐が、シュルリと先端に向けて徐々に細くのびており、表面には持ち手と同じ白い文様が刻まれている。

鞭を持ち上げると、底からメッセージカードが現れる。

鞭に似合わない、可愛らしい黄色い花柄のカードには、丁寧な小さな文字が並んでいた。

『シャナリーゼ様へ

さぞ驚かれたかと思いますが、イズーリへ向かわれるということで前々からお渡ししたいと思いつつ躊躇《ちゅうちょ》していたものを、今回思い切ってお渡しすることにしました。どうか御身《おんみ》に危険が迫りましたらぜひご活用ください。ご帰国の際は改めてお誕生日のお品を贈らせていただきたいと思っております。

ご武運を祈って。　　　　リンディ』

『お姉様へ

お兄様とご一緒と聞きましたが、お姉様は一人になることが多いと思います。イズーリは軍事国家と聞きましたので、武器など持たずに参るのは危ないと思いました。リンディ様にご相談し、足に巻けば護身用になるとお伺いしました。お持ちくださいね。

お気をつけて！　　　　ティナリア』

以上、勘違い娘達からのプレゼントでした。

あの二人はどうしてわたくしを戦わせようとするのかしら。

まぁ、心配してるようだから怒るわけにもいかないが、素直に喜べはしない。

持ち手を持って持ち上げると、かなり軽い。何となくだが一振りしてみると、シュッと真っ直ぐ飛んでいく。なかなか使いやすい。

……でも勘違いなさらないで。鞭を振るうのは数えるくらいしかありませんの。

馬鞭もそうそう使ったことがない。

なのにこんな本格的な鞭だなんて……。

ピラッとカードをめくると、追伸との文字が。

『追伸
わたくしも資料の一環として利用させていただいたお店のイチオシです。商品名は【黒い雪《ゆき》豹《ひょう》】です。　　リンディ』

……黒いのか白いのかはっきりしない商品名だわ。

それにしてもリンディ様。資料集めとはどういうこ……いえ、詮索《せんさく》はやめておきますわ。

はぁっとため息をつきながら鞭をゆっくり手繰り寄せていると、寝室のドアがノックされる。

ドキッと体が震え、あわてて鞭を手繰り寄せ隠す場所を探す。

「シャナリーゼ様、マディウス皇太子殿下の使いの方がおみえです」

隣の部屋の控室にいるはずの、専属メイドの声がした。

使いも厄介だけど、エージュも何しに来たのかしら。

……仕方ないわね

この手に持つものを見せるわけにはいかず、わたくしは咄嗟《とっさ》に腰の後ろに盛られたリボンの帯の中に差し込む。

「今行くわ」

と、返事を返し、さっと姿見で見えないことを確認して寝室を出た。


訪ねてきたのはエージュと、さっき廊下で会った壮年の男性。

簡単に挨拶を交わし、マディウス皇太子様の侍従長である壮年の男性――ウェルスの話を聞くことになった。

さも当然のように、エージュがわたくしを長椅子に案内し、ウェルスは立ったまま軽く一礼してマディウス皇太子様の用件を述べる。

「……つまり、説得しろとおっしゃるの？　わたくしに？」

「さようでございます」

ポカン、と口を開けなかったことを褒めてもらいたい。

このウェルスという侍従長の話をまとめると、サイラスが怪我する要因となった、あの愚鈍な隊の隊長を職場復帰させろというもの。

そんなものもっと上の者が言えばいいのに、と思ったのだが、なんと隊長はサイラスの怪我の責任をとって自主謹慎しているという。

本当は首を差し出すだのと大騒動になったが、そこは自身も大怪我をしていたので何とか周囲が押さえ込んだ。だが、今度はサイラスが回復するまで閉じこもっているという。

「もともと優秀な者です。慕《した》う部下もたくさんおりますし、彼に倣って謹慎する隊員もいくらかおります。上の者がいくら申しても聞かないのです」

「……マディウス皇太子様が申されてもダメでしたの？」

「いえ。殿下は何も申されておりません。陛下もサイラス殿下の配下のことと、いっさい口出しはされておりませんので、皇太子殿下といえども口に出せないのです。ですがいくら優れた者とはいえ、だいぶ日数も経ちましたのでこれ以上は聞こえが悪い、と殿下はお考えなのです」

わたくしは頭を抱えたくなった。

侍従長の前であからさまにため息をつくわけにもいかず、ただ黙ってうなずいておく。

「サイラス殿下がもう少し回復しますと事は収まると思いますが、早々の解決が望ましいとのご判断です。そこでこちらのエージュ殿とご一緒に、ナリアネス隊長のもとへお出かけいただきたいとのことです」

「エージュと？」

チラッと側に控えるエージュを見る。

いつもの人好きするような微笑を浮かべているが、何を考えていることか……。

「サイラス様のお使いでしたら、そのナリアネス隊長という方もすぐご復帰なさりますでしょう？なぜわたくしまで行かなくてはならないのですか」

「それはエージュ殿がサイラス殿下の使者ではないからです。今回のお話について、サイラス殿下はご存知ありません」

「知らない？」

訝《いぶか》しげに眉をひそめると、ウェルス侍従長は軽くうなずく。

「あまりサイラス殿下にご心配をおかけしたくないということです」

「そう。ずいぶんと優秀なのね、そのナリアネス隊長という方は」

今聞いただけで、わたくしの中でその方の印象は最悪。

「いいわ、行きます」

どうせ暇だし、エージュの横で黙っていればいいのだろう。

ここで断ってもどうせ次の手とかで、結局マディウス皇太子様が出てきそうだし。あの方のお顔を見るくらいなら、今ここで素直にうなずいておいたほうがいい。

「ありがとうございます。さっそくですが、馬車の準備はできております。お支度に今人を呼びます」

「そう。じゃあさっさと行って帰ってきましょう。わたくしはこのままで結構よ」

「よ、よろしいので？」

初めてウェルス侍従長がうろたえた。

あら、面白いと内心ちょっとだけ笑える。

ちなみにメイドも『外出＝仕事ができた！』と、話の途中から目が輝いていたが、今は残念そう。

「お化粧直しにお着替えが必要かしら？　ねぇ、エージュ殿」

「シャナリーゼ様はそのままで、十分お美しゅうございます」

敬称の嫌味もサラリとかわし、エージュは淡々と頭を下げる。

「……と、いうわけで参ります」

「は、はぁ。では、よろしくお願いいたします」

出だしはまだ呆気《あっけ》にとられていたものの、最後はピシッと姿勢を正して一礼する。

そして言葉どおりすぐに部屋を出て、馬車へと案内される。

「そうだわ。せめてセイド様にはお伝えしたいのだけど」

「すでにお伝え済みです」

「そう」

さすがエージュ。でも最初から仕組んでいたのでしょう、と前を行く後頭部を、薄毛の呪いをかけるように睨んでおく。

◆◆◆

ガラガラと馬車が音を立てて進む。

護衛は二人、馬に乗って前後を挟むように進んでいる。

王家の家紋はないものの、それなりに大きく立派な馬車の中で、わたくしとエージュは向かい合って座っていた。

「申し訳ありません、シャナリーゼ様」

突然エージュが頭を下げる。

そっぽを向いたまま一瞥《いちべつ》し、わたくしはカーテンに覆われた窓に視線を戻した。

「どうせマディウス皇太子様に言われたのでしょう。逆らえないのは仕方ないですわ」

「ですが、わたしがシャナリーゼ様をご指名したのです」

ハタッと動きを止め、わたくしはゆっくりエージュを見据える。

「どういうことですの？」

「マディウス皇太子殿下は、サイラス様のご婚約者候補の方々からお一人を連れて行くようにと言われました。ですから、わたしはシャナリーゼ様をご指名させていただきました」

「今朝いた方々かしら？　あの巻き毛のお嬢様はサイラスのためなら喜んでついて来てくれるわよ。それにもう一人の方は儚《はかな》げな美人で、いかに頑固者の隊長とはいえあのお嬢様に泣きつかれては従うんじゃないかしら。あの少女は……まさか」

蔑《さげす》むような目でエージュに続きを促すと、エージュは珍しく慌てた様子で手を横に振る。

「いっ、いえ！　あの方は儚げとおっしゃられた、侯爵家のエシャル様の付き添いで来られた公爵家の姫君です。サイラス様とは年の離れた従兄弟《いとこ》の姫様です！」

へぇ。ということは、そのエシャル様っていう方が一歩リードなわけね。

「そう、良かったわ。もしあの小さなご令嬢まで候補であったのなら、わたくしはサイラスを深い眠りに落とすかもしれないわ」

「ご心配なく。サイラス様はシャナリーゼ様一筋です」

「お世辞は結構よっ！　で？　わたくしを選んだ理由はなに？」

そう聞くと、エージュは自信たっぷりな笑顔を見せる。

「シャナリーゼ様なら、あのナリアネス隊長に、物怖《ものお》じせずお話しいただけると信じているからです」

それはどういう意味かしら、とわたくしは更に眉をひそめる。

「眉間に皺が……」

おもわず腰の後ろに手がいく。

あの鞭でエージュを打とうとした自分に気づき、それを隠すように怒鳴る。

「誰のせいよ！　それに説得って何の話よ」

「ですから、ご説得なさるのはシャナリーゼ様です。わたしは付き添いです」

「なにそれ。聞いてないわ」

「ですが侍従長は説得してほしいと、シャナリーゼ様にお願いしておりましたが」

確かにそう言っていた。

わたくしはよぉく、あのウェルス侍従長との会話を思い出してみた。

……確かに付き添いで行ってくれとは言われていない。


「詐欺《さぎ》だわ」

ぼそっと呟いたわたくしに、エージュは微笑む。

「大丈夫です、シャナリーゼ様。きっと勝てます」

「……」

わたくしは無言でエージュを睨む。

さっきから「あの」とか、きっと「勝てます」とか妙に引っかかる。

聞きたいことは山ほどあるが、聞けば聞くほど頭が痛くなりそうなのでわたくしは黙っていることにした。


そしてしばらく走ったところで馬車が止まる。

薄暗い馬車から明るい日の光の下へ出て、まぶしくて片手で目を覆った先に見えたのは落ち着いたアイボリーのお屋敷。振り返れば白い門と壁が見える。前庭は噴水があり、敷地は広いがお屋敷はそこまで大きいというわけではない。

「ナリアネス隊長は侯爵家の次男で、現在男爵位をお持ちです。二十八才、独身。お見合いするも十五連敗記録を達成しておいでです」

そんな記録の話いらないわ。

ジロッとエージュを睨んでいたが、彼は気にするふうもなくノッカーを鳴らす。

やがて静かに開いた玄関の扉から、かなり年配の男性が出てきた。

背筋はピンとしているが、細い目と顔には皺が多く、体型も細い。

「先触れにありました、シャナリーゼ様とエージュ様ですね。お待ちしておりました」

さぁどうぞ、と案内された客間でこの後わたくしは、熊《くま》と対面することになる。


勘違いなさらないで？　わたくし伯爵令嬢であって調教師ではありませんのよ。

◆◆◆

通された応接間にいたのはがっしりした体型の男性。肩上まで伸ばされた黒髪は毛先がはね、角ばった顔には傷もあり、眼光は鋭く飢えた獣のよう。とにかく見える手、首が太く大きく、どれだけ筋肉が発達しているのかと呆気にとられるほどの大男。

そして極め付きはその仏頂面。

なるほど、お見合い十五連敗もだてではないようだ。

そんな彼が、ゆらりと立ち上がる。

その不穏な雰囲気に、エージュがスッとわたくしを庇《かば》うように前に立つ。

ナリアネス隊長は壁に飾ってある剣を掴むと、そのままブンッと音をたてて振り下ろして怒鳴る。

「その女、只者《ただもの》ではないなっ！」

いきなりの言い分だわ。

思わず眉間に皺を寄せ、しっかり心の中で言い返す。

そっちこそお見合い十五連敗なんてすごいじゃない。

「いざっ！」

言うや否や、剣を構えて本気で突っ込んでくる。

さすがのエージュもこれには驚いたようで、わたくしを庇うように身を翻《ひるがえ》す。

「旦那様⁉」

主のご乱心で、気の毒なほど顔が蒼白《そうはく》な執事が叫ぶ。

が、ご乱心中の主は壁の絵画を叩き切った後、鋭い視線をわたくし達へ向ける。

「……エージュ、次で離れなさい」

「はっ」

素直にエージュは次の一手をかわす時、わたくしから手を離す。

もちろんわたくしも避けたが、体勢を立てなおす時に、そのまま腰の後ろからアレを取り出す。

ビシッと鋭い音がして、剣を持つ手に鞭が絡まる。

「なっ……あっ⁉」

驚いているその隙にエージュが懐《ふところ》に入り込み、体格差があるものの、どうにか彼を床に押し倒す。

だがすぐ彼は起き上がろうとしたので、わたくしは彼の頭を勢い良く踏みつけ、わずかに上がった顔の先に鞭を一振り振るう。

黙ったのを確かめ、威圧的に睨み下ろす。

「初めまして。わたくしシャナリーゼ・ミラ・ジロンドと申します。マディウス皇太子様の使いの者ですの。ほほほっ」

そのままグリグリと全脚力でもって踏みつける。

獣は大人しくなっても、すぐまた暴れることがあると聞いたことがあるわ。完全に息の根を止めるか、屈服させるまでは油断大敵。

わたくしはもうしばらく、大人しくなった獣をグリグリと踏みつけることにする。

——半分気を失った執事が正気に戻るまで。

あぁ、もう、勘違いなさらないで？　もう一度言いますが、わたくし伯爵令嬢であって調教師ではありませんのよ。

◆二十一　サイラスからの贈り物

グルルッと唸《うな》り声を上げそうな勢いで睨むナリアネス隊長……もう、熊でいいかしら。いいわよね、熊。

最近城の中で運動不足を実感していたわたくしは、今朝からサイラスに贈られたあの凶器の靴をたまたま履いていたの。

その靴で踏みつけた熊の後頭部は靴跡を残し、鞭が触れた鼻先がほんの少し赤い。

そんな警戒心むき出しの熊とテーブルを挟んで座る。

応接室の壁に飾ってあった大小の剣は、先ほどの（失神しかけて思わず冬を待たずに天国へ旅立ちそうになった）老執事と二人の男女の使用人が、ササッと慣れた手つきで回収して行った。ご苦労様だこと。

安全確保のために鎖か荒縄で締め上げてくれても良かったのだけど、そういえばこちらはお願いする立場だったわね。

わが身は自分で守るわ、と、わたくしの側には丸めた鞭がある。

だってエージュはともかく、控えているのはあの老執事だけだもの。

次、熊が暴れたら間違いなく命が危ない。

――主に老執事が。

ご老体を危険にさらさないためにも、わたくしは睨みつける熊の警戒する視線を、マニエ様直伝の「お座り、駄犬」の上から目線で抑えつける。

本当なら、バチバチと火花が飛んでいてもおかしくない。

「……うぅっ」

熊が弱く唸る。

あら、これは勝てそうね。

わたくしは内心ニヤリと口角が上がりそうなのを抑え、最後の追い込みにかか……。

「シャナリーゼ様、相手は人間です。お間違えなきように」

横から冷静なエージュの声がして、ハッとわたくしは我に返る。

「ナリアネス隊長も、どうか警戒を解いてください。可憐《かれん》な女性を相手に失礼ですよ」

「かっ可憐⁉　この者のどこがだっ⁉」

失礼にもほどがある言い分に、わたくしはスッと目を細める。

なぜかビクッとうろたえた熊は、立ち上がりかけた腰を素直に下ろした。

そしてチラチラわたくしと目が合うものの、先ほどのようなあからさまな敵意は消え、代わりに何やら怯えを含んだ目線が混じる。

ふふっ、ウィコットならまだしも、熊に容赦はしませんわ。

「本日はマディウス皇太子殿下の使いで参りました。ご用件はお分かりですね？」

ゆっくり諭すようにエージュが言うと、熊は一度大きく深呼吸した後、目線をそらす。

「何度も言うが、これはけじめだ。中隊長である我輩《わがはい》が小隊をうまく誘導できずにいたせいで、サイラス様が大怪我を負うことになったのだ」

「サイラス様ならだいぶ回復されております。あなたのことはまだご存じありませんが、上層部は問題視しつつあります。これ以上の勝手な謹慎は、軍の規律によって処分の対象となるかもしれません」

「別に自主謹慎を知ってほしくてやっているのではない。何度も言うがけじめだ。無駄に頑丈な体ゆえ左腕の骨折程度で済み、守るはずの方に大怪我をさせてしまったのだ」

それっきり口をつぐんでしまう。

エージュも言うのをやめ、そっとわたくしに耳打ちした。

「いつもここで終わるのです。もう何を言っても聞いてもらえませんし、返ってきません。こちらが根負けして引くのをお待ちなのです」

「そう、なら仕方ないわね」

そう言ってわたくしは、ゆっくりと長椅子から立ち上がる。

警戒するように熊の目線がわたくしを追うが、まったく気にせずゆっくりと庭が見渡せる窓に近づく。

窓の前の位置に置かれた長椅子の右側に熊が座っており、その長椅子と同じ位置に立って窓に広がる前庭の景色を眺める。

特に気になるものがあったわけじゃない。ただ考え事がしたかっただけ。

わたくしが考えをまとめているその間も、熊からの視線を感じる。

エージュは何も言わず、ただ黙って座っていた。


しばらくして、ようやくわたくしは意見がまとまる。

やはりこれしか言いようがないわ。

うんうん、と一人小さくうなずいていると、痺《しび》れを切らしたように熊が早口に言った。

「いったいなんなんだ⁉　何が言いたい！」

「まぁ、よろしくて？」

クスリと笑うと、そのままゆっくり熊の座る長椅子に近づく。

ぐっと息を詰めて警戒しながら見上げる熊を、少し高い目線からしっかり見据える。

そして腰に両手を当て、すぅっと息を吸って短く吐く。


「ちっさっ‼」


は？　と熊の目から警戒が抜ける。

わたくしは蔑むような目で見下ろすと、そのまま勢いよく話し出す。

「小さいと申しましたのよ、小さいと。まったく体は熊のような大男ですのに、少女のような肝《きも》の小さな考え方をなさいますのね。もう、小さすぎて怒る気力もありませんわ。

あぁ、嫌だわ、これじゃあお見合い十五連敗もますます更新のようですわね。まったく図体《ずうたい》ばかり育った強面《こわもて》で頑固でその上、短気で唸るなんて嫌われ要素満載ですわね。
像できまして？　聞いただけで胸が熱くなるわ。
土壇場《どたんば》では牙《きば》をむくというウィコットのほうが、断然勇ましいですわ。あの可愛らしい姿から想
でもあなたから感じるのはイジケ虫ですわ。わたくし毛虫は苦手ですの。小枝でつまんでポイで
すわ」
馬鹿馬鹿しい、とわたくしは盛大にため息をつく。
「帰りましょう、エージュ。こんな腑抜《ふぬ》けは軍に、いいえ、サイラスの下にいらないわ。とっとと除
隊でも出奔《しゅっぽん》でもしなさいな」
むんずっと鞭を掴むと、そのまま熊を見ることなくドアへ向かう。
エージュも何も言わず、わたくしに従って腰を上げる。

まったく本当に馬鹿馬鹿しい。
異国の地で誰にも祝ってもらえず誕生日を迎え、朝からサイラスに群がる令嬢達と、彼のそっけ
ない態度にうんざりして、なぜかちょっとだけイライラしてるってだけでも最悪なのに、トドメに
イジケ虫のお世話なんてやってられますかっ！
これはプリーモに寄ってもらわないと！　もちろん報酬はきっちり貰わないと割りがあいません
わ‼

「待てっ‼」

重低音の唸り声が響く。

釣れましたわ、とか間違っても思わない。むしろかかわりたくない。

早くプリーモに行って癒されたいのに、なんだって今日はハズレばかり釣れるのかしら。

腕が鈍ったのね、と二年のブランクがここ最近如実《にょじつ》に現れている。

足は止めるが顔は見たくない。

そもそもうんざりしたわたくしの顔も、もったいなくて見せたくない。

そんなわたくしの態度に怒ったのか、熊は勢いよく吼《ほ》える。

「いらん、だと!? そなたに何が分かる! 仕える主君を庇いきれずに重傷を負わせ、どの面下《つらさ》げて会えというのだっ!」


プッチーン、と数年ぶりに何かが切れた。


「……勘違いなさらないでちょうだい」

抑揚《よくよう》のない低い声と、完全に感情が消えた顔でゆっくりと熊を振り向く。

視界の隅のエージュが黙って一歩後退して、わたくしと熊の延長線から消える。

「いらない、と申し上げたの。首を差し出されても迷惑ですので、このまま勝手に除隊して引きこもっていたらいいわ。もしくは出奔でもなんでもなさって、ずっと後悔と懺悔《ざんげ》と自分の言い分に酔っていなさいな」

「なんっ……だと」

熊の握り締める拳がブルブル震え、血管が浮き出ている。

目も見開き血走っており、唇もかみ締めて今にも血が出そう。

「こっ、小娘が調子に……」

「ご自分の責任って、本当に分かってらっしゃるのかしら？」

熊の言葉を遮り、コツリと一歩前に出る。

しっかり熊の睨みを受け止めながら、わたくしは言葉を紡《つむ》ぐ。

「サイラスは自分の責任を果たすため戻ったのだわ。でもあなたはその責任から逃げてる。勝手にサイラスを守れなかったと理由付けて、さっさと家に引きこもって反省してるふりをしているだけよ。あなたを見習って自主謹慎してる隊員もいるようだけど、そろいも揃って馬鹿ばっかりね。わたくしならそんな部下いらないわ」

「知ったような口をっ！」

「わたくしがほしいのは使える者よ。無能はいらない。非凡でなく凡人でいいの。自分ができることを、今おかれた状態で最大限努力することができるなら、その者は財産だわ。だけどあなたは何？　寝て起きて引きこもって、実に良いご身分ね」

「…………」

グッと握りしめた拳はそのままに、唇を悔しそうに噛みしめとうとう熊が黙った。

だけど、言いだしたからには最後まで言わせていただくわ。

「あなたがいかに優れていると称される軍人であっても、今のわたくしには引き止めるだけの価値が分からないわ。あなたは今後、サイラスやマディウス皇太子様にお会いしようと思っているのでしょうけど、わたくしがサイラスなら門前払いよ。けじめという隠《かく》れ蓑《みの》に隠れたイジケ虫に会うより、正規軍に上がろうと必死で訓練を受ける訓練生の相手をしているほうがずっと有意義だもの」

まっすぐ見て言い切れば、熊は少しずつ目を伏せ、その体からガックリと力が抜ける。

本当にバカバカしいわ。

心底ウンザリして、わたくしは短く息を吐く。

「……帰るわよ」

空気になっていたエージュに声をかけ踵を返す。

ドアの近くにいて成り行きを見守っていた老執事は、さぞかし顔色が悪いだろうと思っていたが、なぜか嬉しそうに微笑んでいる。

……何かの精神を刺激してしまったのかしら。

執事職を引退させ、早急に治療が必要となってしまったのかと、わたくしは一気に不安になる。

だが、老執事は黙って一礼しただけ。

それはまるでお礼を言っているかのようだった。

「……行くわよ」

一瞬立ち止まったものの、わたくしは前に進む。

と、野太い大きな声が背後から響く。

「待てっ！」

止まるもんですか。あなた何様ですの？　あぁ、イジケ虫の熊隊長サマでしたわね。

老執事が動かないので、自分でドアを開けようとしたわたくしをずっと黙っていたエージュが、やんわりと止める。

「シャナリーゼ様」

「……分かったわよ」

静かな声に拒否できなかったわたくしは、渋々後ろを振り返る。

「何か？」

「……我輩に償《つぐな》いができるのだろうか」

目を閉じたまま懇願するような声がしたが、わたくしにとってはどうでもいいこと。っていうか、いまさらそれを聞くの？

「知りませんわ。でもわたくしはこれからやることがありますの。あなたを見ていたら、すぐ思いつきましたのよ」

「何をするのだ？」

教えてほしい、と顔を上げた熊の顔は、不安がる子熊のようだった。

あらあら、どうあっても子犬には見えないわ。熊は熊ね。

わたくしはツッと、あえて意地悪く口角を上げる。

「あなたに代わって、愚鈍な隊員の再教育ですわぁ」

ぎょっと目を見開いたのは熊だけではなく、今までずっと冷静だったエージュも意外だったらしい。

「ふふっ、イジケ虫の隊長の下でのほほんと惰眠《だみん》しているから、今回のようなことになったのでしょう？　二度とこんなことがないようにきっちり教育をしなくてはいけませんわ。あぁでも、勘違いなさらないでね。わたくしはマディウス皇太子様にご進言申し上げるだけですわ。本当なら直接この鞭で打ってさし上げたいけど、さすがに他国の女にはそんな権限ありませんものねぇ」

「た、他国？」

熊は慌てたようにエージュを見る。

「な、なぁ、エージュ殿。先ほどからサイラス様を呼び捨てにするこの令嬢はいったい？」

急にオロオロし出した熊に、エージュは「あぁ」と今気がついたように顔を上げると、無駄に良い笑顔を作る。

「お名前だけのご紹介でしたね。こちらサイラス様を、目下怒涛《どとう》の勢いでフッているライルラド国の伯爵令嬢シャナリーゼ様です」

妙な説明の仕方が気になるが、もっと気になったのは、熊の口が顎が外れんばかりに開き驚愕《きょうがく》するその顔。

「あの噂のサイラス様のご婚約者様……」

「候補ですわ、候補」

ちゃんと訂正をしたわたくしはエライ。あと噂ってなによ。

「さぁ戻りますわよ、エージュ」

手に持った鞭を腰の飾りの中に押し込み、わたくしはドアを開いた老執事の横をとおり過ぎる。

直後に熊の声が聞こえた気がしたけど、きっと幻聴ですわ。

両手で耳を塞《ふさ》いでどんどん歩く。

まったくとんだムダね。マディウス皇太子様ったら、何をお考えなのかしらね。さっぱり分からないけど、やっぱりお近づきにはなりたくないわ。

人使い荒そうですもの！

心の中で愚痴を吐き出しながら歩いていたら、後ろから迫る気配にまるで気がつかなかった。

ガッと、大きな手が肩にのり引き止められる。

「お待ちを、シャナリーゼ様っ！」

「また出たわね、熊」

間近で見るはめになった熊の必死な顔を、わたくしは半眼で睨みつける。

しかもお待ちを、というより強制的に止められている。

サイラスよりもずっと大きな身長に、鍛えられた分厚い体。改めて見れば、なるほどこの体で骨折する事故だったのなら、サイラスのあの怪我も案外軽くすんだほうかもしれない。

「我輩はどうすれば……」

しゅんとうなだれる、熊。

肩にのるその手を払いのけて立ち去るのは簡単だけど、熊にほとんど隠れているエージュの目が何かを言っている。

……分かったわよ。捨てたら捨てるだけ、厄介になるかもしれないものね。

わたくしはそっと廊下を見回す。

さっきの応接間といい、熊の話し方といい妙に気になったことがある。

「あなた、東の国がお好きなの？　特にシャポンが」

「はっ、え……」

動揺する熊に、わたくしはなだめるようにゆっくりと話す。

「わたくしも好きよ。あの国には『ブシ』という騎士がいるそうだけど、この辺りの主流である両刃剣とは違い片刃の細い剣を使うそうね。先ほどの部屋にもあったわね」

「あ、その……」

「お好きなら隠そうとせずに、堂々となさればいいじゃない。例えばあちらの飾り壷の間にある皿のようなものは、『イケバナ』用の花器でしょう？　お花を生ければよろしいじゃない。あと応接室から遠くに隠れて見えた東屋、あれも珍しい形の屋根でしたわね。木々で隠していらっしゃるようですが、それ……きゃぁあっ！」

涼しい顔をして話していたわたくしだったが、急に足が宙に浮く。

目線もグルッとまわり、気がつけば熊に横抱きにされていた。

「こちらへ、シャナリーゼ様」

「え？」

急に走り出した熊の後ろから、エージュが驚愕してわたくしの名を叫ぶ。

力強く走る熊の振動に大きく揺らされ、エージュに助けを求める暇もなく、わたくしは激しく上下する視界に気分が悪くなりそう。

そして、急に止まって、バーンと力強く開け放たれた部屋の中で、わたくしはようやく下ろされる。

なんなの？　イズーリには女性を抱えて走る習慣でもあるのかしら！

どんな罵声を浴びせてやろうかと思っていたが、その部屋の中を目にしたとたん、わたくしの中からそれらがすべて吹き飛ぶ。


部屋の中に建物がある。建物と言っても東屋に等しい簡素なもの。

建物は木製で、屋根は小枝のようなものがびっしり積み重なっている。

壁は土壁のようだが白く、木の枠がはめ込まれており小さな窓がある。

建物の右には大きい木枠があり、そこには紙でできた横にスライドさせて開閉するシャポンのドア『フスマ』があった。

ポチャンという音がして横を見ると、そこには丸い池があり、赤い大きな魚が数匹泳いでいる。

足元を見るとわたくしは石畳の上に立っており、池と石畳以外は丸い小石で埋め尽くされている。

「ご覧ください、シャナリーゼ様」

うっとりした声がしたが、間違ってもわたくしにうっとりしているわけじゃない。

熊はこの部屋にうっとりしている。

「も、もしかして茶室ですの？」

「はい！　二部屋くりぬいて改装いたしました」

嬉しそうに言う熊を尻目に、わたくしは黙って茶室を見渡す。

「茶室の入り口というのは狭いと書いてあったけど、ずいぶん大きいのね」

「……自分が入らなかったのです」

でしょうね、とわたくしはシュンと頭を垂れ静かになった熊を見上げる。

「サイラスはヨーカンが好きよ。ツテがあるなら山積みにしてお見舞いに持っていくといいわ」

パッと熊の目に光が宿る。

「シャナリーゼ様！」

と、そこへ少し眼鏡のずれたエージュが走ってきた。

「ナリアネス隊長！　いったい何を⁉」

「落ち着いて、エージュ。このお部屋を見せたかったそうよ」

「は？　部屋？」

眼鏡の位置を直したエージュが、入り口から観察して、はぁっと深いため息をつく。

「二年がかりでひそかに改装工事を行ったという話がありましたが、まさかこの部屋の話ですか」

「むっ、なぜそれを⁉」

熊の眉間に皺がよるが、エージュは笑顔で答える。

「こそこそしているのを見つけるのが得意な者がおりまして。あぁ、もちろんサイラス様の部下ですが」

「うぅっ」

今日何度目かのうめき声を上げ、熊は黙った。

「まぁ、よろしいんじゃなくて？　せっかくだからここにサイラスを呼んでお茶をするといいわ。ここまでするんですもの、あなた、お茶もたてられるのよね？」

「あ、はい」

素直に熊はうなずく。

「ヨーカンは前もって渡すとして。あとカスティーラとかいうお菓子、あれも好きそうだわ」

「粗目《ざらめ》入りですか?」

「ザラメ? 何それ」

「カスティーラの片面に粒の粗《あら》い砂糖をまぶしたものです。シャリシャリして美味しいです」

似たようなことをサイラスが言っていたのを思い出す。確か溶け残った砂糖を、口の中で砕くのが好きとか言っていたわね。

「……ザラメたっぷりがいいわよ」

「分かりました」

「あ、あの、お二人とも?」

わけが分からないといった顔で、エージュがこっちを見ていた。

「あら、ごめんなさいエージュ。たぶんわたくしがシャポンが好きだと言ったから、こちらのお部屋を見せてくれたのだと思うの」

「はい、そうです」

すっかり大人しくなった熊は、いつの間にかわたくしに敬語を使うようになっている。

「じゃあ、いいわね? ヨーカンを用意して謝りに行きなさい。軍には明日から顔を出すこと」

「はい。シャポンで最上級謝罪――『ドゲザ』をさせていただきます」

「なんだか分からないけど、最上級ならいいんじゃないかしら?」

確か地面に座って頭を下げているイメージ図があった気がするけど、それの最上級なんてあったかしら。

「用事はすんだわね。帰るわ」

「あ、よろしかったらお茶を」

帰ろうと踵を返したわたくしを、熊は遠慮がちに引き止める。

「結構よ。わたくし帰ってやることがあると言ったでしょう？　それとも何？　あなたまさかわたくしに惚《ほ》れたの？」

クスッと笑って振り向くと、熊はいきなり床に片膝をついて頭を下げた。

「とんでもない！　惚れるなんて恐れ多い」

あら、それどういう意味かしら……。

少々イラッとしたわたくしに、顔を上げた熊は真剣な眼差しを向ける。

「某《それがし》、いえ、わたしはサイラス様の次にではありますが、貴女様に仕えるべきだと本能的に悟りました！」

その宣言を聞くや否《いな》や、わたくしの心は急激に冷める。

「いらないわ」

「そんなっ！」

「いらないったらいらない。カスティーラだけちょうだい。行くわよ、エージュ」

忠義を断られ苦悩する熊を置き、わたくしはさっさと部屋を出る。

後方から熊が何か言っていた気がするが、気のせいだわ。途中で力尽き壁に寄りかかる顔色の悪い老執事を追い抜き、わたくしとエージュは玄関を目指す。

エージュが裏手に行き馬車を回してくると、邸の中からまた熊の声が聞こえてきたので、礼儀には反するが、わたくしは玄関の扉を閉めて急いで馬車に乗る。

「出してちょうだい！」

驚く御者に言うと、わたくしが乗り込んだ直後にガタンと動き出す。

馬車に滑り込んできたエージュは、小窓から御者に何か伝えると、微笑んでわたくしと向き合うかたちで座る。

「成功おめでとうございます、シャナリーゼ様」

「おめでたくないわ。わたくしの機嫌は最悪よ。もう一度あの頭を踏みつけるところだったわ」

「お似合いですよ」

「……いつかあんたも踏みつけてやるわ」

憎らしげに睨むが、エージュには通じない。

「ナリアネス隊長は武人輩出《はいしゅつ》が多い、ビルビート侯爵家の次男です。ビルビート侯爵家伝統の訓練を幼い頃から幾度となくお受けになり、今ではビルビート侯爵家随一の武人であられます」

「武人というか野人のようだわ」

「まぁ、訓練と言いますのが、ナイフ一本で森で数日生き抜くことだそうです。それを何度も幼い頃より繰り返してお受けになっていたら、見事に武人の血が変な方向へ目覚められたようですね」

目覚めたというより、それはトラウマ的なものじゃないの？

呆れるわたくしにかまわず、エージュは先を話す。

「そんな自分を落ち着かせるために、シャボンの文化『ザゼン』、『メイソー』を学ぶためにはるばる留学されたほどです。お見合いについても、これぞという奥方様を見つけられるまで続くでしょう。つまり、これからも連敗は続く見込みです。まぁ、侯爵家の皆様も本人の意思を第一にとのご意見ですが、はたして見つかることかどうか」

　その見合い相手になっているご令嬢もいい迷惑だわ。

　熊が「これだ！」という奥方を見つけても、相手が拒否したらどうなるのだろう。

……熊が必死に相手に迫るのかしら？　考えたくないわ。よけい疲れそう。

「そのビルビート侯爵家とやらは、みんながああなの？」

「いいえ、ナリアネス隊長が特異なだけですよ」

　先ほどから侯爵家に対して、エージュはけっこう失礼なことばかり言っている。

「まぁいいわ。このまま帰るの？」

「はい、その予定です」

「成功したなら寄り道くらい許されるでしょう？　プリーモに行きたいわ」

「まぁ、そのくらいならお時間があります」

　エージュが御者に行先変更を告げる。

　わたくしは黙って視界の遮られた窓を見て、軽く目をつぶる。

「……エージュ、わたくしの持ってきたものについてだけど」

「えぇ、何も見ておりません」

　言わんとしたことが分かったらしい。

「そう。ならいいわ」

もっと強く口止めしたいけど、墓穴《ぼけつ》を掘りそうでこれ以上言えなかった。

◆　◆　◆

レインたちは遅くなるらしく、わたくしが夕食を一人で食べて部屋に戻ってくると、エージュがドアの前で待っていた。

「マディウス皇太子様に報告は済んだの？」

「はい。お喜びでした。ぜひお礼がしたいと」

「いらないわ。あの約束さえあなたが守ってくれたらね」

エージュはうなずいてくれたが、こっちは弱みを握られたようで不愉快だわ。

「で、何のご用？」

「サイラス様がお呼びです」

「あら起きているのね」

すぐにでも案内しようとするエージュに従い、そのままサイラスの部屋へ行くことにする。

ただ、歩きながらまたあのご令嬢達に会うかもしれない、とふと考えてこっそり対策を練る。

ちなみに鞭は部屋に隠した。もう使うこともないでしょう。

◆　◆　◆

サイラスの部屋に入ると、エージュは「ではここで」と言って出て行った。

残されたわたくしは、あのご令嬢達がいないことに少しホッとして寝台に近づく。

サイラスは寝台の上で、上半身を起こしてじっとわたくしを見ている。

「ご機嫌いかがですか？　サイラスサマ」

「やっぱり怒ってるな」

苦笑したサイラスに、わたくしは腰に手を当ててふんぞり返る。

「当ったり前ですわ。いろいろあり過ぎましたの」

「ナリアネスの件は聞いた。明後日会う予定だ」

「あらそう。でもわたくしには関係ないことよ」

人急ぎでヨーカンを手配したのかしら？　いや、あのシャポンかぶれの熊なら、きっと常備しているに違いない。

「それより、そこの窓を開けてくれるか？」

サイラスが指差したのは、寝台のすぐ近くのアーチ形の丸い窓。

わたくしは言われたとおりカーテンを開けたが、サイラスは窓も開けという。

見慣れない丸い窓を開けると、夜のひんやりとした風が部屋に吹き込んでくる。

窓の下に見えるのは、首都の家々の明かり。今もあの明かりの下で、人々がそれぞれの時を過ごしている。

「お前も誕生日は、実家で祝ってもらいたかっただろうに。こんな味気ない誕生日を迎えさせて悪かったな」

あぁ、やっぱり知っていたのね。

「まったくだわ」

遠慮なく不機嫌な声を出し、わたくしはくるりと振り返る。

「おめでとうの言葉も、プレゼントもない。今日わたくしが見たのは、ここにいたご令嬢方とマディウス皇太子様、そしてエージュに熊よ？」

「俺も朝見ただろう？」

「えぇ、たっくさん介抱されているお姿を拝見いたしましたわ」

「くっ！」

突然サイラスが噴き出す。

「あれは勝手にやって来る候補の奴らだ。言っただろう？　全部排除できずにいるけどって。あの二人だけは頑固なんだ。と、いうわけで助けてくれ」

「女を女で排除するとろくでもないことになりますわ。ご自分で何とかしなさい」

「俺が女に酷いことをしてもいいと？」

「方法にもよりますけど、親を説得なさったほうがいいですわ」

「ではそうしよう。お前が来てくれたおかげで、ようやく周囲が信じてくれたからな。もう一押ししてみるとしよう」

「……やっぱりダシに使いましたのね。覚えていらっしゃい」

キッと睨みつけるが、サイラスはニヤニヤと笑ったままだ。

「どうでもいいですけど、さすがに冷えてきましたわ。窓を閉めていいかしら？」

「あぁ、ちょっと待ってくれ。もうすぐだ」

片手で制され、わたくしは訝しげに首を傾げる。

そんなわたくしを笑ったたまま、サイラスはゆっくりとだが寝台から立ち上がろうとする。

ぎょっとしたわたくしは、思わず側に駆け寄った。

「立って大丈夫ですの？」

寝台の上のガウンを羽織り、サイラスは窓を指差した。

「俺はいい。見てろ。そろそろ始まるぞ」

「え？」

サイラスの側に立ったたまま、わたくしは窓に視線を移す。


ドンッ！

ヒュルルルル……ドパァアン！


大きな音がして、夜空に花が咲く。

火花や大砲ではない。

次々に音がして打ち上げられる花は、夜空に赤や黄色、緑、青といった色を咲かせている。

「きれい……」

思わず目を奪われていたわたくしは、そのまま立ち尽くす。

「シャボンの『ハナビ』という観賞文化だ。バルコニーがあるといいんだが、あいにくこの部屋にはなくてな。窓の近くに行こう」

いつの間にか肩に回された手が、やんわりとわたくしを押す。

いつもなら払いのけられるその手を、わたくしは素直に受け入れた。


きっとこの花火のせいで、呆けているのだわ。


夜風に乗って火薬の匂いが届く。

今まではあまり良い匂いと思っていなかったけど、この花火から漂うならその匂いも気にならない。

窓に近づくと、ドンッという発射音の振動がビリビリと伝わってくる。

視界いっぱいにひろがる花火は様々な色を花開かせたあと、白い煙を残して消えていく。

でも、また次の花火の発射音がその煙を打ち消して花開く。

「なんとか五十発手に入れた。今夜は三十発打ち上げる予定だ」

「あら、今日は何かのお祝いなの？」

そんな話聞いてないわ、と花火から視線をそらして見上げたわたくしを、サイラスはきょとんとした顔で見下ろしている。

「何かって、お前の誕生日じゃないか」

「え？」

「お前に宝飾品贈っても無駄なのは分かってるからな。それならいっそ一瞬で消えるがこっちのほうがいいだろう。言っとくが、イズーリでもこういった花火はなかなか上げないんだからな。だいぶ前から秘密裏《ひみつり》に準備していたから、今頃城下中大騒ぎだ」

ハハハッと笑ってから、サイラスは左手で右頬を押さえる。

痛そうに顔を歪めながらも、口角を上げる。

「残り二十発は家に送ってやる。打ち上げには専門の職人が必要だからな、そっちも同行させる。来週中に打ち上げてくるといい。根回しはライアンに頼んだ。好きなところで打ち上げろ。これは珍しいからな、みんな喜ぶぞ」

その言葉の意味を理解してわたくしが目を見開くと、サイラスは黙って目をそらす。

「ほら、見ていないとすぐ終わるぞ」

「え、えぇ」

軽く動揺しながら、わたくしもまた夜空を見上げる。

ふと横で身じろぐ衣《きぬ》ずれの音がして、わたくしの耳に吐息がかかる。

「ハッピーバースディ、シャーリー」

「……ありがとうございますわ」

花火が終わるまで、わたくし達は顔を合わせなかった。

まぁいいわ、今日の不愉快なこと全部許してさし上げます。

でも……勘違いなさらないで。わたくしデレたわけじゃありませんわよっ！

◆二十二　婚約者候補様がおいでになりましたわ

花火が終わって一瞬の静けさの後、人々の拍手と歓声が聞こえる。

窓を閉めるとそれらは聞こえなくなってしまったけれど、今のわたくし達には関係なかった。


「サイラス」

と、呼べば、そのまま片手で抱きしめられる。


黙ったまま、わたくしはその胸におとなしく抱かれていた。

トクトクと温かさとともに聞こえるのは、この人がちゃんと生きている証《あかし》。

まだ薬の匂いがして、包帯もとれていないけど、ちゃんとこの人は動く左手でわたくしを抱いてくれている。

「サイラス」

もう一度呼んで顔を上げると、わたくしを抱きしめる左手に力が入る。

わたくしも、そっと両腕を背中に這わせる。

「……何だ？」

顎をひき、かすかに動いた唇。片目だけでも十分迫力のある目が、まっすぐにわたくしを見ている。

背中に這わせた手を更に上にずらして、もう少しだけ体を寄せた。

そしてわたくしはそっと口を開く。


「わたくし二十才でしてよ？」


と、同時に肩甲骨《けんこうこつ》の下を両方の手で、ぎゅうっと思いっきりつねり上げる。

「ぐぁっ⁉」

ふいをつかれたサイラスは、大きくのけぞり痛みに顔を歪める。

どんなに鍛えていようが、肩甲骨の下は多少なりと摘めるものがありますのよ。

指先をこすり合わせるように、更につねる。

「がっ！」

「ふふふっ、先ほどの花火は本当にすてきでしたわ。でもなぜ三十発ですの？　わたくし今日で二十才ですの。どぉいうことかしらぁああ？」

次は容赦なく、両手の指全部の爪を立てて引っ掻く。

「ぐっ、ご、誤解だ」

「まぁ、わたくしの年を誤解なさっていたの？」

ますます許せませんわ、とわたくしは力を緩めない。

念のために申しますが、わたくしの爪はさほど鋭くはない。だって土いじりには不適切ですもの。ただ手入れだけはしておりますので、そこそこ尖っておりますわ、ふふふっ。

「違う！　許可が三十発までなら打ち上げていいと下りたんだ。だから打ち上げたっ、だっ！」

「まぁあ、それで三十発？　多けりゃよろしいってもんじゃありませんの、よっ！」

最後に力を込めてようやく手を離す。

のけぞっていたサイラスも、苦悶の表情を浮かべつつ顔を向けた。

ただ、わたくしの背中に回った左手はまだそのままでしたけどね。おかげで攻撃しやすかったですわ。

「大丈夫だ。今日花火を上げた本当の理由は一部の者しか知らない」

「その一部は上層部の方でしょう？　妙な噂をされるのはごめんですわ」

「そんな細かいこと結びつける奴がいるか？」

ええ、ここにおりましてよ。

ジトッとした目でサイラスを見上げれば、彼は何ともバツが悪そうに目をそらす。

「悪かったな」

「妙な噂がたちましたら消してくださいね。でないと、またこの背中に傷を作りますわよ」

「分かった分かった」

ポンポンとサイラスがわたくしの背中を左手で軽く叩き、引き寄せていた腕の力を抜いた。

「サイラス」

「何だ？」

他にまだあるのか、と警戒した顔でわたくしを見る。

その姿にクスリと笑って、そっと右顔のガーゼに手を添えた。

「ありがとうございます」

そのキョトンとした顔に、わたくしもイタズラ心が出てしまい、そのままつま先立ちして左頬にほんの少し触れるようなキスをする。


ええ、キスなんてあちこちに振り撒《ま》いてきましたの。だからそれを知っているサイラスは嫌がるかもしれない、と思ったのですが……。

「…………」


「何を呆けていますの？」

こんな面白い顔を見れるなんて、予想外でしたわ。


と、そこへバァーン！　と大きな音がして扉が開く。

すっかり気が抜けていたわたくしはギョッとして、おもわずサイラスにしがみつく。

そうして入り口を振り返ると、そこにはなぜか息をきらせた王妃様の姿があった。

亜麻色の髪の毛が乱れているので、もしかして走ってきたのだろうか。

わたくしと目が合うと、王妃様は広げていた両手を下ろし、一瞬ポカンとした表情になって固まってしまう。

そんな王妃様の後ろから、ひょっこりとエージュが現れ、黙って扉を閉める。

「母上？」

「はっ！」

怪訝そうな息子の声に、王妃はハッと我に返る。

ふと我に返ると、今のわたくしはサイラスと抱き合っていると言っても過言ではない。

……修羅場ですわね。

恋愛の修羅場には何度も立ち会いましたし、当事者にもなりました（主に悪役ですわ）。

でも、親を交えての修羅場は初めてでね。

キッと、あの慈愛のある優しい瞳がきつくなる。

きますわね、と覚悟を決める。

「サイラス！　あの花火はなんです⁉」

「許可は下りてますよ」

「そういう意味ではありませんっ！」

あぁ、やはりきましたわ。何の目的で打ち上げたのか、この方が知らないわけがありませんもの。

末息子が隣国の悪女のために打ち上げただなんて、母親なら卒倒するか、怒鳴って息子を張り倒したくもなるだろう。

わたくしが次に何を言われるのか、と頭の中でいくつか候補をあげていると、王妃様がビシッと外を指差す。

「なんで三十発も上げますの⁉　二十発でしょうっ！」

わたくしの候補はすべて外れた。

呆気にとられたのはわたくしだけではなく、サイラスもだったらしい。

間抜けなことに二人してポカンとしたまま、早口にまくし立てる王妃様を見つめる。

「なんて乙女心の分からない息子なんでしょう！　乙女心が理解できないうちは碌《ろく》な作戦指揮はできませんわよ！　だからそんな怪我をするのです。もっと相手の心を考えなさいっ！」

え？　それって思いやりってことですよね。戦《いくさ》の作戦には関係ないかと思いますわ、と言えないから黙っておく。

「その件については、今彼女から言われました。制裁も受けました」

「制裁？」

少し落ち着いた王妃様に、サイラスはわたくしを解放して背中を見せる。と、いっても服を着たまま。

「ええ、背中に爪痕《つめあと》をざっくりと」

とはいえ、背中に血の跡などはない。ガウンも羽織っていたから血は出ていないと思う。あってミミズバレだろう。

「見ますか?」

「ちょ、ちょっと!」

脱ぎそうなサイラスを、わたくしはあわてて止める。

ここで王妃様がその傷を見て逆上したら、わたくし犯罪者確定ですわ!

やっぱりこんな国来るんじゃなかった、と思っていると、なんだか王妃様の様子がおかしいことに気がつく。

うつむいて、両頬に手を添えて何かぶつぶつ言っている。

「母上? どうし」

「いやぁあああああ!」

サイラスの声を遮って、王妃様が顔をガバッと上げて叫ぶ。

顔を真っ赤にして首を横に振る。

「なんてことなの! わたくしったらなんてオバカさん‼ いいのよ、そんな理由だったんなら、陛下に無理言ってでも五十発全部打ち上げさせるべきだったんだわっ! ついでに言うなら、打ち上げ間隔ももっと長くするべきだったのよ! あぁっ、なんてことなの⁉ いえ、でも既成事実があるなら、あのしつこい侯爵家を……」

何度も同じことを繰り返し叫び、ふと潤んだ瞳をこちらに向ける。

もちろん、ずっと王妃様を見ていたから、バッチリと目線が絡み合う。

「あぁあああああああ!」

顔を覆ったまま叫んで走り去る、王妃様。

ちなみにドアは、エージュが絶妙なタイミングで開いた。

パタンとドアが閉まると、やっとわたくしは声を出すことができた。

「なんですの？　どうなさったのかしら」

昼間見た老執事とは、また違った心配をしてしまう。

「さぁな。たまにご自分の頭の中だけで、物事を解決させてしまわれることがある」

やれやれ、とため息をつくサイラスの側にエージュがスッと近づく。

「差し出がましいですが、一言申し上げます」

「何だ。まさかお前も数のことか？」

うんざりしたサイラスの顔を見て、エージュはゆるやかに首を横に振る。

「いえ、王妃様についてです。先ほど、王妃様は盛大な勘違いをなさりました」

「「勘違い？」」

サイラスとハモったのは置いておき、わたくし達はエージュの言葉を待つ。

「王妃様は、サイラス様がシャナリーゼ様と逢瀬《おうせ》を楽しむために、わざと三十発打ち上げたと思われたようです。しかもその逢瀬で、サイラス様は背中に爪を立てられるようなことをした、と思われた。ここまで言えばお分かりですよね？」

サァッと、わたくし達の顔色が変わる。

「この部屋に入られて目にした状況から、お二人をどう勘違いなさっているのかともっと具体的に申しましょうか。短い打ち上げ時間にコトに及ぶには、着衣のまま立っ……」

「いやぁあああああ！」


バッチーン！


力いっぱいエージュの左頬を平手打ちする。

よろめいたエージュを、そのままかかと落としで床に這《は》い蹲《つくば》らせる。

鞭がほしい、と心底思った。

「エージュ、何がなんでも王妃様の誤解を解いてちょうだいっ」

殺気だって見下ろすと、よろよろとエージュが立ち上がる。

「……容赦ありませんね、シャナリーゼ様」

わたくしの手形付きの頬が痛々しいが、そんなことにかまっている余裕はない。

「当たり前よ。なんでわたくしが傷物扱いされなくてはならないのっ⁉」

「俺はこのままでいいんだが」

「お黙りなさいっ！　もとはあなたの責任ですわっ！　誤解を解くまで許しません。明日から口もききませんからっ！」

「それは困る。おい、エージュ」

「分かっております」

「もうっ！　こんな国来るんじゃなかったわっ！」

わたくしは怒ったまま、慌ただしく部屋を飛び出した。

◆◆◆

エージュのおかげで、今朝のわたくしの機嫌は良くないわ。

機嫌と美容と健康の敵は睡眠不足。

「今朝はイズーリ伝統の健康食。美容にも良いといわれるヨージャをご用意しました」

給仕がそう言って、白いとろりとしたものが入ったグラスを置く。

「ベースは普通のものより柔らかいヨーグルトでございます。こちらに、果物酢、蜂蜜を混ぜたものが、ヨージャでございます。本日は、先日もお気に召していただいた、ボルボアのベリー酢を使用いたしました。そのままお飲みください」

レインと楽しく食べるはずの朝食の席で、わたくしはイライラしながら、美容と健康に良いというヨージャというものが入ったグラスを手に取る。

とろりとした白いヨーグルトの中に、薄い赤紫の筋が見える。

口に近づけると、少しだけツンとする酢の香りがした。

一口飲むと、とろりと口当たりの良いヨーグルトの甘さが広がり、少し後に甘酸っぱい味が広がる。

まぁ、とレインも一口飲んで顔を上げる。

「不思議な飲み物ね。でもすぐにお腹いっぱいになりそうだわ」

「そうね。でも、お酢を混ぜるなんて驚きだわ」

「恐れ入ります」

飲み終えて、ナプキンで軽く口元を拭う。

同じようにして、顔を上げたレインと目が合うとにっこりと微笑んだ。

「昨夜の花火、すてきだったわね」

「えぇ、そうね」

花火は良かった。

だが、花火の後が大問題。

げんなりとするわたくしの前で、レインは目を閉じ、うっとり思い出に浸る。

「わたし達帰ってきて、一人で着替えようとしていた時だったの。そしたら、突然始まるからすっごく驚いたわ。でもすぐにセイド様がかけつけてくださって、二人で窓から花火を見たの」

レインは、ほんのり頬を赤く染める。

肩を寄せ合って窓辺で花火を見上げる、万年花畑夫婦の絵が浮かぶ。

でも、今回はわたくしも何も言えないわ。

……わたくしも似たような形で、不本意ながらサイラスと二人で見ていたのだから。

万年花畑夫婦と同じ?

朝から幸せいっぱいに、簡単に惚気る夫婦と同じ――なんて嫌よ、絶対！

わたくしはその後、突然乱入してきた王妃様に抱き合っていたと勘違いされ、その延長線でとんでもない勘違いまでされたのよ！

……まぁ、確かに花火はきれいだったけど。

……ちょっとだけいい雰囲気になりかけたのも事実だけど。

あの勘違いだけはないわ‼


花火のことだけ思い出し、あれはすごい誕生日の贈り物だったわ、とわたくしの中できれいにまとめようとした時だった。

「打ち上がるたびに大きな音がするから、わたしがその音に慣れるまでビクビクしてしまったの。そしたら、セイド様が笑ってギュッと音に慣れるまで抱きしめてくださって」

前方からピンクオーラが突然発生。

なんでかしら？　朝から濃い惚気話が始まったわ。

行動がすべて惚気話になるこの万年花畑夫婦め！　朝から世界を淡いピンク色に染めないでちょうだいっ！

ほらほら、控えている給仕とメイド達がそっと目をそらしているわよ。間違ってもわたくしを憐れんだ目で見なかったのは大正解。

ヨージャのベリー酢倍増でおかわりをもらいたくなる前に、さっさと黙らせよう。

「そう。それでいい雰囲気になって、今朝は寝坊したのね」

「えぇっ⁉　ち、違うわよ！」

一瞬でピンク色のオーラが消え、先ほどまでとは違った赤を頬にのせて慌てている。

「いいのよ。寝不足でもお肌ツルツルで羨ましいわ」

「ぁ……あのっ、その」

真っ赤な顔であちこちに目が動き、決してわたくしを見ようとしない。

「いいわよねぇ」

「…………！」

「イズーリの香油」

「…………え？」

しっかり目をつぶって、小さく縮こまっていたレインの体から力が抜ける。

まだ少し赤い顔をしつつ、きょとんとしてわたくしを見ている。

さっきまで目をそらしていた給仕とメイドも、黙ったままわたくしを見ている。

わたくしはゆっくりと、自分の右手で左の肘から指先までなでる。

「保湿効果のある香油だけどベタベタしないし、乾けばさらりとして、強い香りもない。さすが王室で使われているだけのことがあるわぁ」

ニンマリと笑えば、からかわれたことに気がついたレインが、再び赤くなって口をパクパクさせる。

「ふふふっ」

「もうっ！」

ふてくされ方も可愛いわね。

朝から惚気に走ったあなたが悪いのよ。っていうか、惚気話はできてそっちの話になるとすぐ赤くなるなんて、ちょっと羞恥心《しゅうちしん》の感覚ズレてるわ。

自覚がないからって、惚気話をあちこちポンポン出さないでよね。

「…………」

あら、嫌だ。勘違いなさらないでね？　爪の先ほども羨ましいなんて思っていませんから！

◆◆◆

今朝のお見舞い？　行くわけないわ。

朝食後に一度部屋に戻ったものの、お見舞いに行かないわたくしを専属メイドがチラチラと視線で催促する。

面倒ね、と思いつつ無視して部屋にあった本を読んだりしていたら、メイドも諦めたのか「何かありましたらお呼びください」と、一礼して出て行く。

呼ぶことはないわねぇなんて思いつつ、女性が好みそうなお店情報満載の雑誌のページを読み続ける。

さすがプリーモ。特集で見開き。月ごとの限定チョコレートの情報が小出しされ、現物は発売日当日発表とのこと。これは行列必至ね。

後でサイラスにまたねだっておこうかしら、と考えていた時だった。

軽くドアがノックされる。

「どうぞ」

わたくしは顔を上げ、ドアの向こうからの返事を待つ。

「シャナリーゼ様、お客様で……あっ」

さっき隣の控室へと行ったはずのメイドの声が途切れ、入室の伺いもなしに扉が開かれる。

「失礼するわ」

棘《とげ》のある少女の声。

「お邪魔いたします」

次いで、おっとりとした大人の女性の声がして、二人がメイドを押しのけて入ってきた。


あらあら。


わたくしも静かに立ち上がる。

勝手に扉を開けて入ってきた少女は、小柄な十歳くらいのお嬢様。

キッと、きつくわたくしを睨む大きな黒目。長く艶《つや》やかな黒髪を三つ編みにして、頭にくるりと巻いて小さな宝石の付いた黄色いリボンでまとめている。いくら睨んでいても、もともと目つきが悪いわけではないので、可愛らしい小動物が威嚇《いかく》している姿に似ている。

ピンク色のフリルいっぱいのドレスがとても似合う、将来楽しみなお嬢様。

もう一方は、優しげな黒い目に、微笑みを浮かべたほっそりした美女。淡い若草色のドレスは飾り気がないものの、彼女の持つ清楚《せいそ》な雰囲気を際立たせている。王妃様と同じ亜麻色の長い髪は、ハーフアップして花飾りで止めている。

――そう。どちらも昨日サイラスの部屋にいた方々。

もう一人の赤毛のお嬢様は、別途ご来客かしら？　面倒だわ。こういう時は徒党を組んでいただいて、一度で終わらせたいのですけど。わたくし、そんなに暇人ではありませんのよ。

ため息をつきたいのをグッと我慢して、わたくしは一歩前に出る。

開いたままのドアの所では、メイドが心配げに様子を見ている。

まぁ、まずは挨拶よね。

「シャナリーゼ・ミラ・ジロンドでございます」

間違っても「どうぞよろしく」なんて言えないわ。言っときますけど、わたくしはいちおう『お客様』ですのよ。

「知っているわ」

高飛車《たかびしゃ》に胸をそらして、少女が言い切る。

名乗りがないので、わたくしはメイドへと視線を向ける。

「ドアを閉めて、お茶の準備をお願い」

「かしこまりました」

それは当然必要な会話だったのだけど、少女にはそうは見えなかったらしい。

「もう主人気取りね。まったく育ちを疑うわ」

「アリーナ」

そっと少女の横で、清楚な美女が窘《たしな》める。

「……分かっているわ」

フンと少女は顔をそらす。

先ほどからじっくり見ているが、どうやら姉妹ではないらしい。

少女は尊大な態度のまま、自分の胸に右手を当てる。

「アリーナ・エレル・ケンダートよ」

「エシャル・ビルビートです。突然お邪魔してごめんなさいね」

清楚な美女がやんわりと頭を下げる。

ビルビート……どこかで聞いた家名ね。

考えるわたくしに、アリーナ様が苛立《いらだ》つ。

「黙っているなんて失礼ね」

「申し訳ありません。しかし、エシャル様のお名前に少々聞き覚えがありまして」

「まぁ、それでしたら、きっと兄のことですわ」

ほんわかとした笑顔でうなずくエシャル様を、わたくしはじっと見てお兄様とやらを想像してみるが、そんなほんわかした人物には覚えがない。

「お兄様、ですか」

まだ見当がつかないわたくしに、エシャル様はとってきおきのような爆弾発言を落とす。

「ナリアネス・ビルビートが、わたくしの兄ですの」

熊が、兄‼


あまりの衝撃に、わたくしは目を見開いてエシャル様を凝視する。

あの熊のような獰猛《どうもう》かつイジケ虫の図体のデカい隊長の妹が、このほんわか清楚のエシャル様？

「失礼ですが、異母兄とかではなく？」

「はい。正真正銘《しょうしんしょうめい》の妹になります」

笑顔の崩れないエシャル様だが、わたくしはナリアネスをどうしても重ねることができない。

「失礼な人ね」

エシャル様の隣でアリーナ様が、正当な不満を吐き出しているが、今のわたくしにはお詫びもできない。

うちの家系も父方が厳《いか》つい顔で、わたくしと兄にそのまま遺伝しており、ティナリアを見る限り姉妹とは首を傾げられることもあるが、少しは似ている個所がある。

だが、目の前のエシャル様はまったくその要素がない。

ご両親、いえ、サイラスのように祖父母世代の先祖がえりだろうか？

うーん、と考え込んでいるわたくしを見て、エシャル様がふふっと笑う。

「言いたいことは分かりますわ。わたくしが、あの兄の妹と名乗りますと皆一様に驚きますのよ。

その反応が楽しいんですけど。ふふふっ」

「そうですか。しかし失礼いたしました」

ビルビートといえば、確か侯爵家だったはず。

侯爵家ご令嬢と第三王子様。まぁ、すてき。お似合いよ。文句なし。

「お気になさらないで。それよりあの兄を引きずり出した方が女性で、しかもサイラス様の恋人だと聞いて本当に驚きましたの」

「なっ、恋⁉」

なんという歪曲《わいきょく》された情報！

しかし、納得していないのはわたくしだけではなかった。

「恋人だなんて、バカげた話だわ。サイラスお兄様の弱みを握って、無理やり婚約者になろうとしているだけよ」

遠慮なく睨みつけてくるアリーナ様の言葉に、ふとひっかかる。

サイラスお兄様？　確かに妹がいると聞いていたけど、家名が違う。

「あの、アリーナ様とサイラス様は、どのようなご関係でしょうか？」

そう聞くと、アリーナ様は「やっと聞いたわね！」と言わんばかりに勝ち誇った笑みを浮かべる。

「わたくしは王弟を父に持つ、ケンダート公爵家の長子。つまりサイラスお兄様とは従妹《いとこ》ということになるわ！」

「ちなみにアリーナの母は、わたくしの一番上のお姉様なの。つまり、わたくしとこの子の関係は叔母と姪《めい》よ。ふふっ」

さらりとエシャル様が補足するが、その情報はアリーナ様にとってはいらないことだったらしい。

キッと横を睨む。

「エシャルは黙って！」

「はいはい」

慣れたものなのか、笑いながら軽くあしらう。

と、そこでドアがノックされる。

「お茶が来たようですわ。お席もご案内せず失礼しました」

「まったくだわ！」

やはり文句をいうアリーナ様。

そしてそれを微笑して見守るエシャル様。

「では、そちらの長椅子へ。――入ってちょうだい」

先に応接テーブルを囲む長椅子へお二人を案内しつつ、メイドには入室許可を出す。

入ってきたメイドはワゴンにティーセットと、一口サイズのクッキーなどがのった白いお皿をのせていた。

座ろうとしたわたくしに、先に座って腕組みしているアリーナ様が口をとがらせる。

「お茶はあなたがいれて。お前は下がってなさい」

メイドは戸惑った視線をわたくしに向けるが、わたくしがうなずいたので静かに頭を下げて部屋を出て行った。

わたくしが立ち上がってお茶の準備をしていると、エシャル様が軽く息を吐く。

「ダメよ。メイドのお仕事をとっては」

「うるさいわね」

それっきりアリーナ様はそっぽを向いてしまう。

エシャル様はそんなアリーナ様の代わりに、すまなそうに無言で軽く頭を下げる。

わたくしも無言で頭を下げて返し、お茶を用意してから二人に配って席に着く。

「まあまあね」

一口飲んで、アリーナ様は予想どおりの文句を言う。

子どもの文句にいちいち目くじらなんて立てていられないので、さっさと本題に入ろう。

見た限りでは、エシャル様推しのアリーナ様が文句を言いに来た、ということだろう。

公爵家が推す侯爵家のお嬢様。もはや確定ではないのかしら？

『まあまあ』のお茶を一口飲み、ティーカップを置いて背筋を伸ばす。

じっとアリーナ様を見つめれば、ちょっと怯えたようにビクッとされたけど、またすぐ気の強い視線で睨んでくる。

「あなたがサイラスお兄様の婚約者だなんて認めないわ。でも、どうしてもというのなら、条件付きで夢を見させてあげる」

「条件、ですか？」

「そうよ」

アリーナ様はひょいと立ち上がり、右手を胸に当て堂々と宣言する。

「サイラスお兄様はいずれわたくしと結婚して、ケンダート公爵となるのです‼」

「…………」

たっぷりと間が空く。

その間もアリーナ様は勝ち誇った笑みを見せている。

どういうことかしら？　アリーナ様はエシャル様推しではないの？

そっとエシャル様を見ると、彼女はニコニコと微笑んでいる。

「つまり、どういうことでしょうか？」

「まぁ！　頭の回転が悪いわね」

大げさにアリーナ様が呆れてみせるが、十歳の子どもの思考など分かるわけがない。

「異国の伯爵家の出で、サイラスお兄様にとってなんの得にもならないあなたが、数年だけ夢を見れると言っているの」

「理解できません」

間髪《かんはつ》を容《い》れずに言えば、アリーナ様はわざとらしくため息をつく。

「はぁっ、なんてバカなの？　わたくしが成人するまであと五年。その間あなたにサイラスお兄様の仮の婚約者と仮の妻として、おそばにいることを許すと言っているの。まぁ数年の夢ね。その後あなたは離縁され、わたくしとお兄様がめでたく結婚するということよ。あ、子どももダメよ。後継ぎ問題は面倒だもの」

「イズーリの成人は十六ですのよ」

「…………」

どうしましょう。開いてないけど、開いた口がふさがらないわ。

ふんぞり返るこの子どもを、いますぐ泣かせることは可能だけど、面倒なことにサイラスの従妹で公爵令嬢。しかも隣には叔母。ただ、この叔母であるエシャル様は微笑するばかりでよく分からない。

さすがのわたくしも、こんな子ども相手に口げんかしたことなんてないわ。

「ふふ。わたくしの立てた、サイラスお兄様の輝かしい未来の完璧な計画を聞いてすっかり驚いたようね」

いえいえ、ぶっ飛び過ぎて驚いているんですわ。

だがアリーナ様は自分に酔いしれており、胸に当てていた右手をエシャル様へと向ける。

「エシャルも最初は驚いたのよ。でもサイラスお兄様を愛するわたくしの気持ちに応《こた》え、本格化したサイラスお兄様の婚約者探しに立候補してくれたの！」

「ふふふ、いい加減実家がうるさかったので、ちょうどいいかなと思ったのですわ」

なんだか温度差がある二人ね。

見た目どおり、エシャル様はサイラスの婚約者の地位なんて特に気にしていないようだし、固執しているのはアリーナ様だけみたい。

「つまり、エシャル様も離縁前提で婚約者候補に名乗りを上げている、ということですか」

「そうよ！　わたくしの年が十一なばかりに、名乗りを上げてもお父様に笑われてしまったわ。だから『趣味の分かる方としかお付き合いしません』と、年中引きこもっているエシャルを替え玉とすることにしたのよ！」

「ふふふ。おかげで我が家ではサイラス様がわたくしの趣味を理解してくれる、なんて心の広い方だと大評判ですわ。実際はご存じありませんけど」

「今回の怪我の話は本当に心配したわ。もうこうなったら、強引にでもエシャルと偽装結婚してもらって、わたくしが美しく成長するまで待ってもらうしかないって思ったの。そしたら、何⁉　いきなりしゃしゃり出てこないでよ！」

「わたくしは最初から知ってましたわ。サイラス様から想う相手がいるからって、言われてましたし。だからわたくしは安心して、しぶとく候補でいられるのですわ」

「やっとあのドータリー侯爵家が正式に断りを入れられたって聞いたのに、まさかこっちにまで断りを入れてくるなんて！」

「あ、ドータリー侯爵家とは、我が家と同様軍人が多く輩出する名門侯爵家ですの。昨日お会いした赤い髪のお嬢様のお家ですわ。先代様、つまりお嬢様のお祖父様《じいさま》が先王様の時代からお仕えなされていまして、サイラス様と顔見知りなのですわ」

「わたくしの母がビルビート侯爵家だから、これ以上王家に近づくなとエシャルに対抗してきた愚か者よ！　しかも本気でサイラスお兄様を慕っているなんて、なんて身の程知らずなの！」

「お祖父様について王城に来て、それでサイラス様に惹《ひ》かれていったらしいのよ。可愛らしいお嬢様だったわ。ちょっと世話好き過ぎるみたいだけど」

「サイラスお兄様をずっと遠征させるなんて許さないわ！　サイラスお兄様はわたくしと結婚して、危ないことから離れて公爵になるのがふさわしいのよ」

「公爵になっても王族の血筋は軍から離れられないって何度も言ってるのに、やっぱりお子様には通じないみたいなの。悪気はないのよ、ごめんなさいね」

「エシャル！　うるさぁあああいぃ‼」

「はいはい」

「…………」

アリーナ様の言葉に、ちょくちょく補足してくるエシャル様だが、やはり二人の間の温度差は激しい。

エシャル様は煩《わずら》わしい周りから逃げるいい機会だと話を受け、アリーナ様はご自分の計画が間違いないものだと思い込んでいる。


頭が痛い……。


ぎゃあぎゃあと喚《わめ》くアリーナ様を、エシャル様が「はいはい」と流すのでますますアリーナ様が怒る。

そんな二人を前に、わたくしは片手で頭を抱える。


どうしたらいいかしら、このお子様。


「アリーナ様」

疲れた声で呼べば、キッと睨みながらアリーナ様が振り向く。

「なによ」

「わたくしサイラス様とは結婚したくないのです」

こう言えば少しはおとなしくなるかと思ったのだが、なぜかアリーナ様は信じられないものを見るかのように目を見開き、わなわなと震え出す。

「どういうことよっ！　したくないとか、わたくしに対する嫌味!?」

「いえ、そうでは……」

「どんなに望んでもできないわたくしに、よくも酷いことをっ！　サイラスお兄様より良い方がいるとでもいうの!?」

そのような方、山ほどおりますわ。主に性格の意味で――なんて言えればいいが、まずは言わせてもらう。

「そうではなく、わたくしは結婚自体が嫌なのです。殿方に気を遣い、自分を飾り立て、やりたいことを我慢して家のために尽くすなんて、わたくしには苦痛なのです」

「愛する方のためにすることがどうして苦痛なのよ！」

噛みつく勢いのアリーナ様に、わたくしは冷静に言う。

「愛していないからです」

「……え？」

「わたくしはサイラス様を嫌ってはいませんが、愛というか、そのような感情はもちあわせておりません」

「は!?　なによそれ。それでサイラスお兄様をたぶらかしているの!?」

「たぶらかすというか、お断りは何度もしておりますし。何よりこの話はサイラス様が、一方的にすすめていらっしゃるのを、なんとかわたくしが防いでいるようなものです」

ちょっと自信ないけど、たぶん、防いでいるはず。

ポカンと口を半開きにしたアリーナ様が黙ると、部屋は静まり返る。

そしてしばらくした後、アリーナ様が唇をかみしめ、目に涙をいっぱいためてぶるぶる震え出す。

「アリーナ様」

ハンカチを渡そうとする前に、アリーナ様の涙と感情は決壊した。

「うわぁあああああん！」

その場で泣き崩れるかと思いきや、アリーナ様は座るエシャル様を押しのけるように部屋を飛び出して行く。

「アリーナ様！」

あわてて立ち上がるわたくしを、エシャル様が止める。

「大丈夫ですわ」

エシャル様はパタンと閉じたドアを見て、立ち上がったわたくしへと視線を移す。

「あの子はケンダート公爵家唯一の子どもとして、かなり甘やかされております。王城で泣き叫ぶのもよくあることですの。ですから、すぐに保護されます。放っておいてかまいませんわ」

「でも」

嫌だわ。わたくし子どもだけは泣かしたくないのよ。孤児院のみんなと重なって、何も言っていないけど、なんだか悪者になった気分。

「心配ありませんわ。世の中には自分の思いどおりにならないこともある、と身を以《もっ》て実感することも大事です。あの子が何と言おうと、わたくしがあなたをお守りしますわ。もちろん、サイラス様にもすべてお話します」

にっこり微笑まれて、わたくしも席に座りなおす。

「……エシャル様は、このまま婚約者候補を」

「ええ、引きます。一生に一度の恋に破れました、とでも言ってまた引きこもっておきますわ。たくさんの本がわたくしを待っていますもの」

「本、ですか。趣味は読書なのですか？」

「ええ」

「読書が趣味というのは、そう条件としては難しいものではない気がしますが」

「分野が狭いのですわ。ふふふ」

意味深に微笑むエシャル様に、なぜかティナリアが重なる。

「……画集、も好まれますか？」

ピクリ、とエシャル様が動きを止める。

わたくしはそっと目をそらす。

「わたくしには妹がおりまして、妹は画集が好きなのです。特に、ポリーヌという女性さく……」

「ポリーヌ！　『輝きは僕の腕の中で』のポリーヌ様⁉」


やっぱりぃいいいいい！

エシャル様のその目は今までにないほど生き生きと輝き、清楚でおっとりした動きは消え、ダンッ！　とテーブルに両手を叩きつけ前のめりになって腰を浮かせている。

「そう、ですわね」

予想外の食いつきに、わたくしはやや引き気味にうなずく。

「シャナリーゼ様は同志ですの？」

「申し訳ありませんが、違います」

「では妹様が？」

「はい」

興奮はそのままに、エシャル様は腰をおろす。

そして何かを小さく呟いて、じっとわたくしを見る——というより、観察する。じっくりと、それこそ何かを探すように上から下へと遠慮なく。

「あの、なにか？」

さすがに声をかけると、エシャル様がハッとして誤魔化すように微笑む。

「いえ、ごめんなさいね。どうも、あなたを見た時から妙に引っかかるものがあって」

「ひっかかる、ですか？」

「そうなの。こうしてね、ちょっと目を」

そう言って自分の左目を手で隠す。

ふとそのしぐさに、わたくしの記憶がよみがえる。

「それは、リン……ポリーヌ様の新作キャラクターではありませんか？」

「あぁ！　そうよ、それだわ！」

エシャル様はうっとりするように宙を見上げ、両手を胸の前で拝《おが》むように合わせる。

「最近発表されたばかりの絵姿ですの。どことなくサイラス様とも重なって、こういっては誤解されるかもしれませんが、サイラス様のお見舞いの時はドキドキがとまりませんでしたの」

その誤解というのはサイラスに恋したように見えることとの誤解なのか、はたまたボーイズラブでいう『弱った獣』という、襲われ役的なシチュエーションの意味での誤解でしょうか？　まぁ、どちらにしてもわたくし知りたくないので、この場合は前者として都合良く処理しますわ。

「あぁ、でもどうしてかしら。サイラス様にも、あなたにも重なるなんて」

合わせた両手を左頬につけ、こてんと可愛らしく首を傾げる。

「それは、たぶんポリーヌ様がサイラス様を見て描かれたからですわ」

「まぁ、ポリーヌ様はライルラドの方なのに、よくサイラス様をご存じね」

「我が家にサイラス様が滞在中にいらしたのですわ。ポリーヌ様は妹の友人ですの」

「…………」

じっと見つめられること十数秒。

この間に、エシャル様は何かを高速で考えていたらしい。

そして正解を導き出す。

「あのコメントのお友達のお姉様とは、あなたのことなのね！」

「ご本人はそうおっしゃっていましたが、わたくしは認めておりません」

「シャナリーゼ様のご自宅にポリーヌ様……」

エシャル様はぶつぶつと、再びどこか一点を凝視しながら呟く。

そして唐突に解決したらしい。

「つまり、シャナリーゼ様のご自宅に遊びに行けば、ポリーヌ様とお会いできるということですわね」

「は？」

「そして、あの新しいキャラクターは、サイラス様とシャナリーゼ様から作られた、つまり子どものようなもの……」

ポンと、エシャル様は両手を打つと、そのきれいなお顔を破顔させる。

「いやぁあああ！　萌《も》えますわ‼　わたくしとナリアネスお兄様とで、必ずビルビート家の後押しをシャナリーゼ様に付けますわぁあああ」

「いえ、いりません！　むしろエシャル様、そのままサイラス様とご結婚されて、ご自分で産んでくださいませ！」

「嫌です。絵の世界の人物が現実となる可能性があるなんて、なんてすてき！　なんて幸運なんでしょう‼　すぐさま準備しなくては。鼻血が出そうです」

もはや清楚のかけらもなく、エシャル様は鼻息を荒くして意気込む。

なんというか、イズーリ人は猫かぶりが基本なのかしら。

っていうか、準備ってなんですか？　怖くて聞けませんけど。

「エシャル様、まずは落ち着いてください」

「大丈夫ですわ、シャナリーゼ様。こう見えても我が侯爵家は、意外と権力がありますの。あなた様がこの国で、肩身の狭い思いをすることなどありません！」

「ですから、その話は……」

と、訂正を入れようとしたその時。

バターンと突然にドアが開く。

驚くわたくし達が見れば、そこには真っ赤な顔に赤い目をした、泣きっぱなしのアリーナ様が睨んで立っていた。

「うわぁあああん！　バカバカ、エシャルのバカ！　どうして追いかけてこないのよ、バカァアアアア」

「あらあら、ごめんなさいね」

先ほどの勢いを瞬時に消し、猫を被ったエシャル様はゆっくりと立ち上がり、そっと口元を手で隠してわたくしへ言う。

「『善は急げ』ですわ。今からサイラス様にお話ししてきますので」

「え⁉」

「うふふ。それより、ライルラドへ参りましたら、ぜひポリーヌ様とお会いできる段取りをお願いしますわ」

「あのっ」

勝手に困りますわ、と立ち上がろうとしたが、それより先にエシャル様がアリーナ様の肩を抱く。

「さぁ、今からサイラス様のお部屋に参りましょう」

「ヒック……、行くわ！　言ってこの女の悪口を言うんだからっ」

「はいはい。——では、シャナリーゼ様、ごきげんよう」

来た時とまったく同じ邪気のない微笑みを湛《たた》えて、エシャル様は泣きじゃくるアリーナ様を連れて部屋を出て行った。

エシャル様。その微笑みは一方的な約束の確認押しでしょうか。

リンディ様……結果的にあなた様の読者（信者）のおかげで、わたくしの包囲網が狭《せば》まった気がするのですが——勘違いですわよね⁉

◆二十三　勘違いなさらないでっ！　王妃様!!

昼食時にレインが明後日帰ることが決まったというので、ならわたくしも午後には昨夜の結果報告を聞くついでにお見舞いに行こうかな、と考えを軟化させる。

まぁ、昼になっても何の噂も聞こえてこないとなると、きっとどうにかなったのだろう。

ただ、わたくしにだけ聞こえてこないだけということもあるが、明日でいなくなるなら気にすることはないわ。

そんな午後、わたくしは様子を聞こうとサイラスの部屋へ向かっていた。だが、部屋の前で膝をつき、うなだれる白い熊を見つけた。

放っておけばそのまま灰になりそうなその白熊に、護衛の騎士達も持ち場を離れられないまま、目線だけ忙しげに落としている。

手にヨーカンはない。

ヨーカンは受け取ってくれたようだが、特大の雷でも落とされたのだろう。

出直そう、とした時だった。

パチリと護衛の騎士達と目が合った。

みるみるこみ上げられる期待の目に、わたくしは無言で一度首を横に振る。

しかし、目で会話するのが得意なのか、騎士達の目が必死に何かをわたくしに訴えてくる。

わたくしは、もう一度首を横に振った。

だが、騎士達はまだ何かを訴えてくる！

すごいわね、あなた達。その特技ぜひ教えてほしいわ。

その後何度か同じような攻防戦を繰り返した後、燃え尽きようとしていた白熊が、最後の気力を振り絞って顔を上げた。

「あ……」

「！」

弱々しいその声に「しまった」と気を取られていると、騎士達の目が非難めいたものに変わっていた。


ちょっとあなた達、勝手にストーリーを作らないでちょうだい！


道端に捨てられ、弱りきった子犬を見捨てるんですか？　と言わんばかりの顔だが、わたくしは熊を拾う気はない。

「シャナリーゼ様……」

しまった、名前を呼ばれてしまった。

騎士達が勝ち誇った目をしている。

……あなた達覚えてなさいよ。

キッと騎士達を睨んでから、そのまま白から灰色に色づきつつある熊を見下ろす。

「……行くわよ」

「は、はい」

あわてたように熊は立ち上がってついてくる。

素直で結構だわ。

◆◆◆

しょんぼりした熊を連れてやって来たのは、内庭に面したテラス。同じようなテラスがいくつかあるのだが、わたくしが知っている中でここが一番近かった。

わたくしには熊を引き連れ城内を歩く趣味はない。

「で？　謝罪に訪れたみたいだけど」

白い円筒状の飾り気のないテーブルと、同じ形の背もたれのない椅子に座りつつ、わたくしはテーブルに肘をついて顔をそむける。

熊はその大きな体で小さな椅子に座り、ただただしょんぼりとしたまま覇気のない声で、ゆっくりと話し始める。

熊の説明は思ったとおり。

面会に訪れ見舞いと謝罪をしようとしたが、自分が引きこもっていた事実を知ったサイラスが激怒したらしい。しかも部屋に入った瞬間から非常に不機嫌で、エージュにも入室前に覚悟するようにと言われたそうだ。

「で、手土産は受け取ってくれたのね？」

「はい……というか、置いてきたというか」

「その膝は何？」

ずっと気になっていた。熊の膝の部分が擦り切れているのだ。

「ドゲザをした結果です」

「あぁ、あの最上級の謝罪って言っていたやつね。どうなったらそうなるの？」

チラチラと見える皮膚が赤くなっているのは、火傷《やけど》ではないだろうか。

「ドゲザは長いほど誠意を示せると聞きましたので、サイラス様を確認しました所から、ほんの少しの助走をもってドゲザで近づかせていただきました！」

エッヘンとばかりに胸を張る熊。

「………」

この熊が頭を下げ、床に敷いた絨毯に膝を擦り合わせながら近づいてくる姿を想像して……身震いしてしまう。

おもわず両方の二の腕を手でさする。

ドン引きするところだが、熊は実に満足そう。

きっとサイラスも驚いただろうが、態度に出さず熊の話を聞いたのだろう。そして特大の雷を落とし、白熊にして放り出した。

きっと放り出したのはエージュだ。間違いない。

にっこり微笑んだ顔で、内心では「余計な手間かけさせるな！」と毒を吐きまくっていたに違いない。

「あぁ、それなのに……！」

女々しく後悔を続ける熊は、その巨体をどうにか小さくしようとしているようだが、暑苦しい塊《かたまり》になっただけでうるさい。

「わたくしはサイラスをそこまで怒らせたことはないのだけど、あの性格から今謝りに行ってもさらに怒られそうねぇ」

熊の現状には興味が湧かず、わたくしは内庭の花を眺める。

「わたくしが間に入っても悪化しそうだし、というか、あなたとはそんなに親しくないし」

「えぇ、それはもう、百も承知です。某が勝手に慕っておりますので」

「妙な物言いはやめてちょうだい」

「はっ！　そうですな。仮にもサイラス様の奥方候補に慕うとは失言でした！」

熊はサッと姿勢を正して、そのままテーブルに頭をつけた。

「勝手に服従しております」

「あっそ」

バッサリ切り捨てて、わたくしは立ち上がる。

「ちょうどいいわ。あなたの隊を見たいの」

「我輩のですか？」

「そうよ」

スッと右手で口元を隠す。

「いったいどんな隊なのかしらねぇえ？」

口角をつり上げてニタリと微笑むと、熊は急いで立ち上がった。

「しゃ……シャナリーゼ様、まさか部下を鞭打ちに⁉」

「そんな趣味はなくってよ！」

「では足蹴に⁉」

「……その口閉じないと次は吊るすわよ」

低い声で忠告すれば、熊は素直に従った。

あぁ、もう、こんなところマディウス皇太子様に見られでもしたらなんて言われるかしら。考えただけでも身震いがするわ。

「で、ではこちらに」

やや青ざめた熊が歩き出したので、わたくしもついて行く。

ちゃんとついて行くから、大きな図体でチラチラこちらを振り返って確認しなくても大丈夫よ。

ほら、また人にぶつかりそうになってる。

◆◆◆

城内の鍛錬場《たんれんじょう》は何箇所かあるらしく、実戦部隊の鍛錬場は各隊での訓練が行われていた。

鍛錬場へは熊の顔パスで問題なく入れる。

すれ違う人達に驚いた顔をされたが、それは引きこもりの熊が出て来たせいだ。決してわたくしが首に紐をつけていた、というわけではないわ。

鍛練場の入り口からレンガ造りのアーチ構造のトンネルをくぐり、その先に広がる広場へと出る。広い広場ではあちこちで模造剣での手合わせ、騎馬、走り込みなどの鍛錬をしている兵士の姿が見える。下が地面なので騎馬の周りではすごい砂煙が上がっている。

「これ全部あなたの隊？」

「班に分かれておりますが、今はここに集まっている……おや？　三班がいない」

「まさかその班が問題の愚図《ぐず》じゃないでしょうね？　死角になっているような場所はないの？」

「こちらです」

険しい顔をした熊の案内で植え込みの木々の間を歩いて行くと、鍛錬場の隅の隅に彼らはいた。休憩スペースと思われる芝と木陰のある場所から程近いところに、二十名ほどの姿が固まっている。何人かはその木陰に座って、何人かが立って話しており、あとはボールを蹴って遊んでいるようだ。

クワッと熊の全身から殺気が立つ。

「待って」

腕を伸ばして熊の肩を叩く。

「わたくしが行くわ」

にっこり微笑んだわたくしを見て、熊はなぜかビクッと怯えた。失礼ね。

茂みから姿を現し、わざと目につくように歩き出す。

何人かが気がついて顔を上げれば、あとは釣られるように顔を上げてくれる。

「こんにちは、皆さん」

いつもより高く媚《こ》びるような声に、にっこりと最大出力の柔和な微笑みを浮かべる。

実はこれ、ティナリアを真似して見つけた笑顔。


きっかけは今思い出しても泣きたくなるが、初めて孤児院を慰問した時だった。

お察しのとおり見事に遠巻きにされた。

泣くのでもなく、ただ近寄らないのだ。遠慮して近づかないのではなく、あきらかにわたくしを警戒している。そう。まるで小さなウサギのように、震えるように身を寄せ合って建物から出てこない。

あの時はショックで言葉も出なかった。

必死でシスター・メイラが、

『お嬢様のような美しい方を見て、びっくりしているんですよ』

髪は後ろに束ねただけで、気合の化粧もしていないのに？　服装だって地味にしてきたんだけど。

『子ども達はどうしても、人見知りするので』

必死にフォローしていたけど、御者がお菓子の入った籠を持って近づくと、すぐさま目を輝かせて飛び出してきた子ども達。

『『………』』

子ども達に囲まれる御者に、軽く苛立ちを覚えたわ。

そんなわたくしを見て、アンが『笑顔をお忘れですよ』と注意してくれた。

でもね、まるっきり笑顔が通用しないの。

必死に練習した笑顔が全部思うようにいかず悩んでいると、鏡の前で百面相をしているわたくしを心配したティナリアがやってきた。

『お姉様はそのままで十分すてきよ！』

まず顔で泣かれたことはない妹のその笑顔に、泣かせてばかりのわたくしもほんわかした気持ちになった。

で、気がついたの。妹ということでわたくしがもし似ているなら真似できると。


かなり苦労したが最大限表情筋を駆使することで、わたくしの凶悪な目つきが「普通」と言われる程度に落ち着くことができるようになった。それから努力してできたのが、今繰り出している最上級の作り笑顔、技名は『天使』という。

弱点は継続時間。

更に魔法が切れると『悪魔』となる、すさまじいギャップを生み出す。

そんな恐ろしい反動があるとは露ほども思わない兵士が、面白いように次々に釣れる。

あっという間にわたくしの前に人の壁ができる。

まだまだ『天使』継続中のわたくしは、すっかり油断してゆるみきった顔をした三班の兵士達に話しかける。

「お邪魔してごめんなさい。迷ってしまったみたい。皆様はご休憩ですの？」

「えぇそうです」

「お時間があるならお話ししませんか？」

などなど、あちこちからいろんな言葉が聞こえる。

「ふふっ、皆様のお邪魔にならなければいいのですが。あら？　ボールですわね」

人の壁の向こうに転がっているボールを見つけ、ふふっと思い出して笑う。

「小さい時はボールを蹴って遊んだものですわ。とっても楽しかったんですが、みんなにはお転婆《てんば》だとたしなめられましたわ」

この続きに誰か一人くらい釣れないかなぁ、なんて思っていたら……簡単に釣れる。

「昔を思い出して蹴ってみられますか？　ここには、あなたをお転婆と思うものはいませんよ」

「まぁ、でも……」

困惑した顔を見せれば、別の誰かが引っかかる。

「ここは少し離れておりますので、誰も見てはいませんよ」

分かっていてここでサボっているのね。あなた達、確信犯というか常習犯ね。

「では、少しだけ。どなたかお相手してくださる？」

恥ずかしそうに言えば、我先にと立候補の手が上がる。

この俊敏さ、なぜ戦場で生かせないのよ。

こめかみがひきつりそうになっているが、きっと背後の植木の隅では殺気を極限まで抑え込んでいる熊がいる。わたくしが先にボロを出してはいけないわ。

ジャンケンの結果、ようやくわたくしの相手が決まる。

相手が離れた位置に立つと、別の誰かがわたくしの足元にボールを置いてくれる。

「いきますわよぉ」

「いいですよぉ」

甘い顔の男に狙いを定める。

蹴る瞬間の気迫をそらすために、わざと赤い靴、足首とスカートの裾をゆっくり膝下まで長めに上げる。

そして次の瞬間、思いっきりボールを蹴る。


ドッ！　と、まず女性が蹴って鳴らないだろう音が響く。


続いて「ぎゃっ！」となんとも言えない悲鳴が上がり、ボールもあらぬ方向へ弾け飛ぶ。

見守っていた兵士達は、目を見開いて沈黙する。

「あらあら」

声を元に戻し、ついでに『天使』も解除。

ビクッと反動効果を味わった兵士達を尻目に、わたくしはボールの直撃を受けて倒れたまま動かない兵士を冷めた目で見る。

「終わりかしらね」

スッと目線を植木にはしらせる。

「熊！　じゃなかった、ナリアネス！」

間違いを訂正して呼べば、憤怒《ふんぬ》の表情の熊が植木から出没。

一気に兵士達の顔色と温度が下がる。ついでに腰も引けている。

「女の蹴ったボールを受け止められないなんて、いったいどういう鍛え方をなさっているのかしら」

「もはや恥の一言に尽きます」

グッと握り締める拳は、ブルブルと怒りに震えている。

そんな熊に、わたくしは片手を腰に当てて胸をそらす。

「あなたが引きこもっていた罰よ。いい？　短期間で使えるようになさい。それがサイラスの怒りを解く近道よ」

「ハッ、承知しました」

「ではわたくしは戻るわ」

兵士達に背を向ける前に、わたくしはそうだと振り返る。

「勘違いなさらないでね、皆さん。わたくしあなた達の首を繋げるために来ましたのよ？　だってこのままなら、間違いなくマディウス皇太子様かサイラス様の地獄のしごきが待っていますもの。あなた方にとってはこちらのナリアネス隊長からお受けしたほうが、きっとマシだと思いますの」

でも本当はわたくしのうっぷん晴らしが大半で、今言ったことは今思いついたことばかりのこじつけ。

もう一度、一瞬だけ『天使』を繰り出し、そのまま「ごきげんよう」と踵を返す。

わたくしが去った直後に、大部分の隊員がその場にへなへなと座り込んだそうだが、そんなことは知っても知らなくてもいいことよ。

「お送りいたします、シャナリーゼ様」

「いいわよ。あなたはさっさと、あの部下達を使えるようにしなさい」

「では、せめて入り口まで」

どうしても見送る、とついてくる熊を引き連れ歩くわたくしに、真面目に訓練していた兵士からも視線がそそがれる。

どんな目で部下達から見られていると思っているのよ、とため息が出る。

そう。本当にわたくしが知っておかねばならなかったのは、この時しっかり見られていたということ。


誰にですって?

その方は、鍛錬場のトンネルをくぐってすぐのところで現れた。

「シャーリーちゃん」

子どもが友達を呼ぶかのような軽やかな口調ながら、凛《りん》とした声が辺り一帯を支配する。

ビクッと肩を震わせて、おそるおそる振り返る。

そこには侍女と護衛を引き連れた王妃様が、優雅に扇で扇ぎながら、女神のようににっこり微笑んで立っていた。

その扇を笑顔のまま、パチンと閉じる。

「浮気はダメよぉおん？」

口元は笑みを浮かべつつ、うっすら開かれた目は全然笑っていない！

勘違いなさらないでっ！　王妃様‼


（次巻に続く）

ゴゴ
ゴゴ

番外編「アル・ウィン　～誤解は続くよ、どこまでも～」

「まあ、もうこんな季節なのね」

自室の長椅子に座り手に取った雑誌を開くと、見開きでアル・ウィンの特集が組まれていた。

秋の収穫祭は一週間かけて、ライルラド国の各地で行われる。

その中でも仮装して家々を訪ねまわって、お菓子をもらうイベントがアル・ウィン。この時ばかりは、貴族のお屋敷にも堂々と庶民が訪れる。主に子どもだけ。

「このアル・ウィンが終わりますと、王都も静かになりますね」

アンが新しい紅茶を持ってくる。

「そうね。社交シーズンの最後のイベント、ということね」

そう。みんなアル・ウィンが終わると、たいていは自分の領地へ帰る貴族が多い。残るのは王都で仕事や学校などがある者や、領地を持たない貴族、あとは王都から離れたくないという者くらい。

ちなみにわたくしは、年中ここから離れた領地にいたい少数派です。

「うちは今年も庭を飾るの？」

「はい。旦那様から言われ、さっそく庭師達が市場へ出かけております」

お菓子を用意する貴族のお屋敷は、必ず飾りを付けておく。飾り付けのないお屋敷には、子ども達も訪ねてはいけないことになっている。

わたくしも昔は、ちゃんと仮装して子ども達を迎えていたわ。といっても、十二才までのことだけど。

思い出しながら雑誌を読んでいくと、大人用の仮装衣装の特集が目に入る。

「やってみようかしら」

「何をですか?」

「これよ、これ」

そう言ってアンに、広げた雑誌の特集を見せると、アンも「まぁ」と嬉しそうに目を輝かせた。

◆◆◆

アル・ウィン当日。

「すてきっ!　お姉様」

白とピンクのフリルを交互にあしらったふわふわドレスと、背中には白い一対の羽。そして手には銀のステッキを持つ天使仮装のティナリア。

「ありがとう、ティナリア。あなたもとってもすてきだわ」

わたくしは期待を裏切らない。

黒くサラリとしたドレスにマント、赤く長い付け爪に白い牙。目元に濃いめの化粧をして、バッチリ吸血鬼になりきる。

あ、心配ご無用よ。今日だけはこんな格好でも怖がられないから。ちょっと怯えられることもあるけどね。

我が家の料理人達が用意してくれたクッキーを入れたバスケットを持って、わたくしとティナリアは庭で子ども達を待つ。

ちなみに家人全員が、なんらかの仮装をしている。

たとえばアンは、わたくしが用意した毒リンゴで眠ってしまう童話の主人公の服を着て、うちの領地から届いた小ぶりのリンゴをバスケットに入れて持っている。ちなみに執事は犬の耳と、尻尾を付けていた。


「「「トリック・オア・トリート」」」


耳や尻尾、顔にヒゲを描いた動物の仮装に、帽子や衣装で様々な格好をした子ども達が元気よく声をそろえて門をくぐる。

自分たちの家の近所を回って、集団で貴族街へと乗り込んできた庶民の子ども達は、どこか恐縮しながらも、きれいに飾り付けられた庭を見て歓声を上げる。

大きなカボチャや、リンゴをはじめとする果物をベンチや皿に盛りつけたものが、蔦《つた》やリボンで飾られあちこちに並ぶ。庭の木々には飴や焼き菓子などを少しずつ包んだ袋を吊るし、色付けした木の実で作られたブレスレットやネックレスも飾る。

「うわぁ！　天使様がいる」

ている。

それぞれ仮装した家人達が子ども達が奥へ行かないよう、やんわりと誘導しながらお菓子を配っている。

ややや複雑な心境になりつつも、子ども達はお菓子を手に大はしゃぎ。普段は入れない貴族のお屋敷とあって、飾られた庭を駆け回る。

あらあら。面と向かって言われると、褒められているのかどうか分からないわね。

うっとりする女の子達に、ちょっと逃げ腰の男の子達。

「うわっ！　本物がいる！」


そんな様子をエントランスからじっと見ていると、自然に笑みが浮かぶ。

「賑《にぎ》やかね」

「昔はお姉様とあんなふうに走っていましたわね。今同じようなことをしたら怒られますけど」

ふふっとお互い顔を見合って笑う。

「それにしても、びっくりするような仮装はないわね」

「ふふ、お姉様が一番ね」

「トマトジュースをグラスで飲もうかしら」

「子ども達がいなくなってしまうから、絶対やめてね？　お姉様」

うふっと可愛らしい天使の笑顔で、バッサリとわたくしの提案を切り捨てる。

「……そうね」

ちょっとだけ心が傷つく。笑って「お姉様ったら」と言ってくれるかと思っていたのに、予想外に心をえぐられたわ。

そんなわたくしに気がつかず、ティナリアはエントランスを下りて、新たに到着した子ども達へとお菓子を配りに行く。

はぁ、と傷ついた心を癒すべく、わたくしは庭を嬉々として走り回る子ども達を見る。

「あら？」

わたくしはそこで、さっきまでいなかったものを発見した。

ひょっこりと現れたのは、大きな白いウサギの全身仮装。背丈からして大人だと思うけど、ふわふわの白い毛並みに、ずんぐりとした丸い体型。


抱擁《ほうよう》すべし‼


自分でもキラッと目が光ったのが分かったわ。

でも、あれを目にしたら絶対勝てないと思うの。

だって、ふわふわがわたくしを呼んでいる！


しかし、呼ばれたのはわたくしだけではなかった。

ふわふわ白ウサギは、あっという間に子ども達に囲まれてしまう。

その白ウサギの後ろから、これまたひょっこりと黄色いヒヨコの仮装をした人物が出てくる。

黄色いふわふわヒヨコも子ども達に囲まれるが、わたくしはヒヨコには食指《しょくし》が動かない。

なぜなら、ヒヨコには黒タイツの二本の足があったから。細身だけど、あれは完全に男性の足ね。

ええ、もちろん足元は黄色い足を模した靴を履いているわ。

黄色い羽をパタパタ動かして子ども達の関心を集めるヒヨコだけど、やっぱり大人がするには無理があるわ。その格好は子どもがしてこそ、可愛さを発揮するものだもの！

「ねぇ、アン。あれは誰かしら？」

誰でもいいけど、すっごくわたくし好みな仮装だわ。

「え、えーっと、二人で仲良く……。分かりません」

そうよね。仮装しているみんなはお互いを驚かせようと、組んでする者以外には秘密にしているものね。

「大きな白ウサギは良いとして……あのヒヨコは大き過ぎだわ」

「威圧感がありますね」

だが、子ども達は大き過ぎるヒヨコにも喜んで群がっている。

そのうちヒヨコが黄色い羽で、子ども達の手が届かない位置にある、お菓子のついた枝をバシッと叩く。

バラバラと落ちてきたお菓子に、子ども達は歓声を上げて夢中で拾う。

ヒヨコはそんな子ども達を避けて別の木に近づき、もう一度羽で枝を叩いてお菓子を落とす。

そんなことを繰り返していると、徐々にウサギからヒヨコへと子ども達の数が移り、ヒヨコは子ども達を徐々に移動させていく。


チャンスだわ！

ポツンと残ったふわふわウサギに、わたくしは子ども達の様子をうかがいながら足早に近づく。

間近で見るウサギはやっぱり大きくて、でもなんとも可愛らしいデフォルメが威圧感なんて吹き飛ばしている。

さぁ、そのふわふわをいよいよ堪能《たんのう》できるのだわ！


わたくしは期待に目を輝かせ、自然と口元も緩む。

「すてきな仮装ね。用意するのが大変だったでしょうに」

近くで見ても本当に良くできている。

たった一日の仮装のために、こんなすてきな衣装が売っているのね。

最近のクオリティはすごいわね、とわたくしが観察していると、ヒョコッとウサギが一歩わたくしに近づく。

「あ、そうだったわね」

わたくしはバスケットの中から、包んだクッキーを取り出す。

するとウサギは、なにやら手でしぐさを始める。

「え？　取り出してほしいの？」

うなずくウサギを見て、横にいるアンにバスケットを渡して包みを取る。

「はい」

緩んだ口元のまま差し出すと、ウサギの手が動く。

「どーも」

言うが早いか、ウサギは頭をひょいと外してクッキーにかぶりつく。

「「！」」

アンもわたくしも硬直して声が出なかった。

てっきり家人だと思っていた。


「「…………」」


たっぷり間が空く。

「どうした？」

もぐもぐ咀嚼《そしゃく》しながら首を傾げたのは——サイラスだった。

「な、なんであなたがここに!?」

「いや、伯爵に聞いたら、今日は仮装したらどこの家でも行っていい日だと」

「だからって、なんて可愛い格好で来るのよ！」

「気に入ったか？」

にやりと意地悪い笑みを浮かべ、図星をさされ口元を引きつらせるわたくしを見る。

「よし、こうしてやろう」

「きゃあ」

突然ふわふわの毛が全身に押し付けられる。

中身……いえ、サイラスの顔さえ見なければ極上の手触りを堪能するところだが、わたくしの頬にあたるのはサイラスの髪と肌。

「は・な・し・て！」

「嫌だ」

抱きしめる力を強めるサイラスに、わたくしは全力で身をよじる。

アンは立場上手が出せず、オロオロしている。


と、そこへまた別の一団が現れる。

「「「「「サイラス様！」」」」」

突然やってきた五人の一団は、すべて同じ服を着ていた。身なりの良さとサイラスを呼んだことで、彼の関係者だと分かったが……誰？

「見つかったか。さすがうちの文官ジジイども」

チッと忌々《いまいま》しげに小さく舌打ちするサイラス。

それを見てこの一団は味方だと確信したのだけど——。


「わ、我々は見てしまいました!!」

一人が叫べば、残りも「うんうん」とばかりに首を縦に振る。

普通そこは「見ていません」ではないの!?

わたくしはぎゅうぎゅうに抱き付かれたまま、突っ込むところも忘れて叫び返す。

「勘違いなさらないでっ！　ウサギに抱き付こうとしたのですわ。断じてサイラスではありませんのよっ‼　さっさとサイラスを連れて帰りなさい！」

真っ赤な顔をして必死に言うが、お付きの一団は興奮気味に拳を握ると、自分たちの胸に当てて立派に宣言する。

「望みはないご関係であったと思いましたが、それは芝居だったのですね！」

「王子のお立場を尊重し、普段は凛とした姿勢ながら、二人はひそかに密な関係であったと！」

「無粋《ぶすい》な真似をいたしました。お時間は調整いたします！」

「我々はまたサイラス様が公務をさぼって脱走したと思っておりましたが、若いお二人のわずかな時間を奪うほど耄碌《もうろく》しておりません！」

「陛下と王妃様への良い報告ができそうです！」

それぞれ好き勝手な勘違いをこじらせて、最後の一人なんて泣き始めている。

「だ、ダメよ！　王妃様に報告なんて絶対ダメッ‼」

好き勝手に勘違いした一団は、清々《すがすが》しい笑みを浮かべて踵を返す。

「〜〜〜〜っ！　もうっ！」

「ぐあっ」

渾身《こんしん》の力を込めて両腕を上に引き上げ、どうにかサイラスの腕の拘束から逃れる。ついでに右手がサイラスの顎を直撃したが、これは不可抗力よ。自業自得ともいうわ。

緩んだ腕から素早く脱出して、すぐ近くでオロオロしてわたくし達を見守っていたアンが持つバスケットを奪う。

「待ちなさいっ！」

大きく腕を振りかぶって、一団めがけてバスケットを投げつける。

バスケットは狙いどおり一団へ飛んでいくが、バスケットからはお菓子も飛び出す。


「「「「「！」」」」」


五人同時に振り返ると、自分達に降りかかるお菓子を全員が機敏な動きで受け止めていく。

「「⁉」」

わたくしもアンも目を丸くする。

ええっ⁉　なんなの、その動き！

文官らしからぬ五人の動きを茫然《ぼうぜん》として見ていると、五人はキッチリと腰を曲げてお菓子を持って今度こそ退場した。

「あー、ひどい目にあった」

場違いなサイラスの声に、ハッとして顔を向ける。

「あの人達なんなの⁉　ただの文官じゃないわよねっ」

顎を触りながら、首の下からはふわふわのずんぐりウサギ体型のサイラスが「ああ、言ってなかったな」とたいしたことないように言う。

「うちの文官は基本鍛えているぞ。護衛がなくとも自衛できるようにな。あいつらはその中でもトップクラスの奴らで、まぁ、母上の息がかかっている……らしい」

最後のところで、わたくしの背に冷たい汗が流れる。

「たぶん、気に入られたぞ」

「いやぁあああああああああああああ‼」

頭を抱えてしゃがみ込む。

「ま、諦めて嫁にこい」

ポンポンとウサギの手が、慰めるようにわたくしの頭を軽く叩く。


と、そこへガサガサと音がしたので顔を上げると、黄色い足のヒヨコが戻ってくるところだった。

……ウサギがサイラスということは、もしかして――。


「……エージュなの？」

「…………」

ニヤニヤするサイラスの前で、ヒヨコはしばらく固まった後、ややうなだれて渋々黄色い羽で頭を取る。

ヒヨコはやっぱりエージュだった。


「い、嫌よ！　王子と側近が可愛い仮装が趣味の国に嫁ぐなんて‼」

目をつり上げながら怒鳴ると、サイラスもエージュも心外だと言わんばかりに口を開く。

「俺の趣味は仮装じゃない！　勘違いするな‼」

「誤解です、シャナリーゼ様！　無理やり命じられただけです‼」

「その割には気合入った仮装じゃない！　もういやぁあああ‼」

「お嬢様⁉」

アンの焦った声を背後に聞きながら、わたくしは屋敷の中へと走り去る。


——そして、庭には頭を取ったウサギとヒヨコが残された。


「さ、サイラス様⁉」

「は、伯爵！　こ、これは誤解だ！」

「……はぁ」

「ため息をつかずに弁解しろ、エージュ！」

◆◆◆

数日後。

イズーリの王妃様から、わたくし宛てに贈り物が届いた。

中身は剥製《はくせい》かと見間違うかのような、ものすごくリアルなウサギの人形。うずくまって、じっと前を見るガラスの目が不気味だわ。

メッセージカードには『シャーリーちゃんはウサギ好きなんですってね。良かったらそばに置いてね♡　サイラスの母』と、書かれていた。

……王妃様とは趣味が合わないわ。

こうしてまた一つ、わたくしがサイラスと結婚しない理由が増えた。

勘違いなさらないでっ！　2

＊本作は「小説家になろう」（http://syosetu.com/）に掲載されていた作品を、大幅に加筆修正したものとなります。

2015年2月20日　第一刷発行

著者 …………………………………………………… 上田リサ
©UEDA RISA 2015
イラスト …………………………………………………… 日暮 央
発行者 …………………………………………………… 及川 武
発行所 ……………………………… 株式会社フロンティアワークス
〒173-8561　東京都板橋区弥生町78-3
営業　TEL 03-3972-0346　FAX 03-3972-0344
アリアンローズ編集部公式サイト　http://www.arianrose.jp
編集 ……………………………………… 末廣聖深・原 宏美・堤 由惟
装丁デザイン ………………………………………… ウエダデザイン室
印刷所 ………………………………………… シナノ書籍印刷株式会社